Gerhard Meier
Die Ballade vom Schneien

Gerhard Meier
Die Ballade vom Schneien

Roman

Zytglogge

Alle Rechte vorbehalten
Copyright by Zytglogge Verlag Bern, 1985
Satz und Druck: Willy Dürrenmatt AG, Bern
Lektorat: Willi Schmid
Printed in Switzerland
ISBN 3 7296 0219 5

Zytglogge Verlag, Eigerweg 16
CH-3073 Gümligen

Die wahren Paradiese sind Paradiese, die man verloren hat.

Marcel Proust

«Als ich vor Jahren im *Kleinen Bund* auf Robert Walsers *Winter* stiess, war ich erschüttert — geradezu. Ich weiss nicht, ob es Herbst war oder Frühling. Winter jedenfalls nicht.
Wenn ich später dann in einem Bücherzimmer stand, griff ich ein Buch heraus, las zwei, drei Sätze, stellte es hin, tat dasselbe mit einem anderen Buch, mit einem dritten, vierten, fünften, langte nach einem von Robert Walser, eilte nach zwei, drei Sätzen zu meinen Leuten, um ihnen diese vorzutragen — voller Überschwang.
Wo mag Robert Walser gestanden haben, wenn er die Welt abbildete? Etwas daneben, vermutlich. Leicht erhöht. An einem Abgrund gar. Wobei über seiner Welt jener Nebel gelegen haben muss, der beim Hervortreten der Sonne vergeht, zerfliesst, das Licht durchlässt, und allem, was man durch ihn sieht, zauberhafte Formen und Umrisse gibt, und in dem überall der Widerschein des Morgenlichts aufblitzt, hier auf dem Wasser, da im Tau, dort auf den Bajonetten der Truppen, und der dahinzieht, so dass sich alles zu bewegen scheint», sagte Baur, als hätte er Borodino vor Augen gehabt, am Morgen der Schlacht.
«Von Robert Walser sind mir auch *Brentano* I und *Brentano* II vertraut, *Kleist in Thun*, *Watteau*, *Jakob von Gunten* und der *Räuber*-Roman.
Der Gehülfe ist meinem Leben zu nahe. Im Kreis der *Geschwister Tanner* war ich nicht genehm.

Jakob von Gunten», und hier griff Baur nach dem Buch auf dem Nachttisch, «*Jakob von Gunten* las ich in einem Zuge, was schwere Träume absetzte, über drei Nächte hin. Und wenn ich an ihn zurückdachte, begann es zu schneien, nicht etwa in Schleiern, die sich über Landstriche legen (aus einer Schräglage heraus) und auf dem Trottoir, vor dem Haus mit der Sandsteinaffiche *Daheim,* in Staub zerfallen, woraus der Wind Voluten gestaltet, Gardinen aus dem Fin de siècle — sondern in grossen Flocken, Kohlweisslingen gleich, die herunterzuschweben geruhn, um ihre toten Genossen zu beschnuppern.
Nachdem ich *Krieg und Frieden,* den *Nachsommer* und *Mrs. Dalloway* hinter mir hatte, wandte ich mich erneut *Jakob von Gunten* zu. Diesmal stellte sich kein Schneefall ein. Dafür fand ich mich dann auf dem Weg in die Wüste vor, zusammen mit Herrn Benjamenta eben», sagte Baur, schlug das Buch auf, suchte, fuhr fort, «um zu sehen, ‹ob es sich in der Wüste nicht auch leben, atmen, sein, aufrichtig Gutes wollen und tun und nachts schlafen und träumen› liesse; mit dem Hintergedanken freilich, auf dem Heimweg, im *Turm* zu Langenthal, am gleichen Tisch womöglich, noch einmal *Winter* zu lesen, Robert Walsers Ballade vom Schneien.»
Baur legte das Buch zurück, schaute auf Caspar David Friedrichs *Eiche im Schnee,* griff nach dem

Knauf, worauf sich das Kopfende der Matratze senkte, plazierte die Hände unter den Kopf, schloss die Augen, ermüdet vermutlich, hatte er doch während längerer Zeit schon geredet, eben, dass Robert Walser über blühende Matten und durch Schneegestöber getaumelt sei, auch durch jenes in der Friedrichstrasse zu Berlin. Und dass er einmal mit Frieda Mermet am Murtensee geweilt habe, wo er sich zu Pöbeleien habe hinreissen lassen, so dass er die einzigen Ferien mit Frieda Mermet habe abbrechen müssen, worauf er wiederum über blühende Matten getaumelt sei, auch durch Schneegestöber, um dann im Schnee den Herztod zu erleiden, wonach man ihn aufgefunden habe, auf dem Rücken liegend, mit erstarrtem Blick in den Himmel, ohne dass er wahrscheinlich jemals noch einmal jenen über dem Murtensee gesehen, der etwas Russisches an sich habe, zumindest im Sommer, wenn zwei, drei Wölkchen an ihm dahintrieben, wobei sich dieses Russische natürlich auch auf den See und dessen Gestade übertrage, ja, sogar auf die Leute; und dass, wenn man am Dampfersteg zu Môtier das Schiff erwarte, die Frauen am Steg und auch die auf dem Dampfer dann lauter russische Lisas (Baurs Cousine) seien, also Frauen, angetan mit weissen Gewändern, weissen Handschuhen mit langen Stulpen, Strohhüten mit künstlichen Kirschen, Augen mit Seerosen darauf; und wo's einem dann, wenn man über den See fahre, zumute sei, als gleite man durch einen Roman, einen tolstoischen, natürlich.

Und er, Baur, habe vergangenen Sommer einmal in der unteren Stube gesessen, während die Sonne Muster der Gardinen auf die Wände projiziert habe, Muster aus dem Fin de siècle, denn er habe sich Vorhänge gewünscht, die solche Muster aufweisen, Vorhänge, wie sie schon seine Mutter gehabt habe, weisse eben, mit Voluten darauf, Blumen, Bordüren, die aber bis auf den Boden hinunter und ungefähr fünfzehn Zentimeter vom Fenster entfernt gehangen hätten, was der Stube etwas Lichtes, Duftiges gegeben habe, und so habe sich die Welt von draussen in diesem Zwischenraum sammeln können, um dann durch die Muster letztlich etwas gedämpfter einzudringen, in eine Stube, wo das Fin de siècle, auch wenn es längst vorüber, eben noch zu Hause gewesen sei, — da sei er also gesessen und habe zwischendurch in einen Strauss geschaut, der aus gelben Margeriten bestanden habe, aus jenen, die jeweils im September auch vor der Westfassade des Hauses des ehemaligen Kavallerie-Majors gestanden hätten, und von denen er heute noch nicht wisse, wie sie eigentlich hiessen, in diesen Margeritenstrauss also habe er dann und wann geschaut und dabei erlebt, wie aus den Stengeln und Blüten heraus die Lisa, die Mina, die Ida erstanden seien, samt einem Sommertag darum herum, mit den Kohlweisslingen über den

Steckzwiebeln und Bläulingen auf der Luzerne. Und er habe sich dann heimflanieren gesehen nach einem Besuch bei seinen drei Cousinen, und zwar auf dem Fussweg über dem Bord, am Bauernhaus mit den Pappeln vorüber, von denen übrigens heute noch einige stünden, und er habe dann wiederum das Gedränge im Gedärme verspürt, das ihn damals genötigt habe, an der Südmauer des Gartens einer Liegenschaft, die von seinem nachmaligen Sekundarlehrer und dessen Familie bewohnt gewesen sei, seine Notdurft zu verrichten. Als dann später die Frau des Sekundarlehrers mit seiner Mutter darüber geredet habe, wie schändlich die Zeiten bereits seien, habe sie doch kürzlich an der Südmauer ihres Gartens Menschenkot angetroffen, habe er, Baur, sich davongestohlen.
Übrigens sei das Bauernhaus des ehemaligen Kavallerie-Majors verschwunden. Eines Tages, als er durchs Dorf geschlendert sei, habe er feststellen müssen, dass ein grosser Teil der Dachziegel abgetragen und unter den Bäumen an der Mauer, gegenüber dem alten Schulhaus, deponiert gewesen sei. Und es habe der erste Schnee auf dem Land gelegen und natürlich auch auf diesem Gebäude, und zwar habe es sich um nassen Schnee gehandelt, was der angeschlagenen Liegenschaft in der Dämmerung das Aussehen eines Winterbildes von Caspar David Friedrich gegeben habe, so dass es einen bis in die Knochen hinein gefroren habe. Und eines

Abends habe er dann auch hinnehmen müssen, dass das Tapies-Bild, die Westfassade eben, geschleift gewesen sei.

Auch hätten Katharina und er im verflossenen Sommer doch einmal die Gräber der Lisa, der Mina und Ida aufsuchen wollen, möglichst an einem Tag, wo die Kohlweisslinge zu tanzen beliebten, was sie beide aber verpasst hätten. Die Ida, er habe ja davon erzählt, habe den Mann mit der Staublunge gehabt, den er habe hinuntertragen helfen, im Sarg natürlich, wobei ihn einer hinten habe stützen müssen, auf dass man nicht zusammen mit dem Toten die steile Treppe hinuntergefallen sei, während in die Szenerie das Plätschern des Bächleins, das sich in den Feuerweiher ergossen habe, herübergetönt, das heisse, die Stummheit durchbrochen habe. Jetzt sei der Feuerweiher ausbetoniert und mit einem Maschendraht umgeben. Man halte Forellen darin. Und um den Feuerweiher herum gebe es statt der Apfelgärten Wohnquartiere.

Und er glaube, dass Walser eben einige seiner Texte in den Wind geschrieben habe, was übrigens auch auf ihn, Baur, zutreffe. Einiges habe Walser natürlich zu Papier gebracht, zum Teil auch in Form von Mikrogrammen, wovon er Hunderte der Nachwelt zur Entzifferung hinterlassen habe. Und darum sei es traurig, dass der Wind so verkleckst werde, schrieben doch viele ihre Memoiren hinein. Und darum bewege es einen auch dermassen, wenn er einem über die Wangen streiche, durchs Haar, weil da gleichzeitig auch so etwas wie Leben mitkomme, in den Wind geschriebenes. Er glaube auch, dass zum Beispiel Schafe oder Hirsche oder Hunde Litaneien dem Wind überliessen. So gelte es, mit der Luft ordentlich umzugehn. Zudem gelange die Luft in die Bäume unserer Bronchien und von dort in die Bäume unseres Gehirns, denn die Gehirnzellen stellten so etwas wie Bäume dar und seien milliardenweise vorhanden, so dass man geradezu von Gehirnwäldern reden könne.

An Stelle der Liegenschaft des ehemaligen Kavallerie-Majors solle ein Gemeindebau, ein Mehrzweckgebäude, zu stehen kommen, ein Werkhof mit Saalbau. Und dieser Bau solle aus Beton erstellt werden, vor allem die Aussenmauern. Das Dach aber werde einen dörflichen Charakter erhalten. Es werde ein steiles Krüppelwalmdach geben. Daneben stehe ja noch der alte Laden, wo die Johanna ihre Lehre gemacht habe und über einige Jahre als Verkäuferin tätig gewesen sei. Jetzt befinde sich eine Velo- und Motorradhandlung mit Werkstätte dort, was zur Folge habe, dass immer einige Fahrzeuge, auch havarierte, herumstünden. Im alten Schulhaus seien provisorische Büros und eine Brockenstube untergebracht.

Baur zog die rechte Hand unter dem Kopf hervor, schlief aber weiter.

Ich betrachtete Caspar David Friedrichs *Eiche im Schnee* mit dem Tümpel davor und bekam jene Steingrube vor Augen, wo wir im Aktivdienst Einzelausbildung zu betreiben hatten. Diese Grube war umstanden von Eichen. Auch der Leutnant stellte sich ein, einige Kameraden. Es roch nach Lederzeug.

Baur erwachte, schaute sich um, streifte dabei Friedrichs Eiche am Tümpel, deren Zweige leicht bedeckt waren von Schnee.

Ich dachte mir, dass es Baur eigentlich erstaunlich gut gehe, was vielleicht nicht unbedingt ein gutes Omen sei.

«Bindschädler, diesen September bin ich dem Mann wieder begegnet, der mit dabei gewesen war, als am Karneval der Tresor des Pfauen geknackt wurde. Er ist jetzt ein Greis, der sich aber die indianische Gangart bewahrt hat. Mit zwei ehemaligen Turnerkollegen stand er vor dem Restaurant, wo wir für gewöhnlich das Leichenmahl einzunehmen pflegten, nach der Beerdigung eines Klassenkameraden. Ich bin ihm dann noch einmal begegnet, beim Hirschen, wo seinerzeit Lehrer Scherler im Saal über der Metzgerei mit dem gemischten Chor Verdis *Chor der Gefangenen* geübt, während ich auf dem Trottoir in den verblühenden Himmel geschaut hatte, dann auf den Dirigenten

und die aufgeschnittenen Schweine im Schaufenster», sagte Baur. Er lächelte, schloss für Momente die Augen, strich mit der linken Hand über die Decke, griff mit der rechten nach dem Knauf, wonach sich das Kopfende der Matratze etwas anhob, blickte auf die Eiche an der Wand, deren Äste, wie gesagt, mit Schnee bedeckt waren und zu deren Füssen ein Tümpel lag, wobei diese Reproduktion über dem riesigen Strauss von Winterastern hing, was einen an Baurs drei Schwestern gemahnte, die mit Winterastern dahergekommen seien, als die Kirschbäume Fackeln simuliert hätten, Fackeln, um deren Hüllen gelegentlich Krähen herumgeschwirrt seien.
«Es gibt also Föhntage im September, Bindschädler, wo sich Männer aus Amrain treffen, um beim Jassen zum Beispiel Zwetschgenbäume halluziniert zu bekommen, Eisflächen mit Massliebchen darunter, Indianer- oder Zigeunertänze, aufgeführt von Turnern aus Inkwil, wo ich übrigens einmal gewesen und noch auf zwei, drei, vier alte Liegenschaften gestossen bin, Heimstätten ehemaliger Tänzer, die nun auf dem Friedhof zu Herzogenbuchsee liegen, denn Inkwil hat freilich einen See (einen halben zumindest), aber keinen Friedhof. Einmal bin ich im Winter von Solothurn nach Herzogenbuchsee und im Sommer von dort nach Solothurn gefahren, um mir vom Zug aus den See anzuschauen, an dem die Tänzer gewohnt hatten,

die eben jeweils am Karnevalssonntag in Amrain aufzutreten geruhten, unter dem numerischen Singsang des langen Oberturners.
Bindschädler, der Inkwilersee weist Seerosen auf, sogar Schilf und dem Ufer entlang vereinzelte Eichen. Und wenn man südlich davor steht, hat man dahinter den Jura vor Augen, in der Ferne natürlich, und eine oder zwei jener Heimstätten», sagte Baur.

Über Amrain stand der Mond rot und rund, wobei er gleichsam den Dächern der letzten Häuser aufsass. Der südliche Himmel war blank, wies einige Sterne auf, während über Amrain Wolken hinzogen, die Schnee ahnen liessen, denn es war November. Ich dachte an unseren Rundgang in Olten, wo Baur zu Beginn gesagt hatte, mit drei, vier, fünf Jahren zehre man von den Bildern, die man mitbekommen habe als Mitgift fürs Leben. Mit drei-, vier-, fünfundsechzig Jahren gehe man einem Fluss entlang, deklariere diesen als einen nordamerikanischen, empfinde dessen Grau-, Orange-, Gelbtöne als indianische Töne, halluziniere ein Kanu darauf, mit dem letzten Mohikaner darin, gekrönt mit zwei, drei bunten Federn.
Ich ging auf dem Balkon hin und her, bekam dabei die Aare von damals vor Augen, mit drei, vier Möwen darüber, die flussabwärts flogen, ungefähr

in Eichenhöhe, absetzten, sich treiben liessen, sich bemühend, die Blickrichtung flussabwärts beizubehalten; und erinnerte mich, wie Baur stehen blieb, die linke Ferse abhob, aufsetzte, abhob und so weiter, mit einer Miene, die auf angespannte Sinne schliessen liess. Waggons prallten aufeinander. Auf dem Fluss trieben immer noch die Möwen. Ein Windstoss brachte Abgase heran.
Ich schaute ins Krankenzimmer, nach Baur, der zu schlafen schien. Er war abgemagert, und seine Gesichtshaut glich jenen Winterastern, die sozusagen aus Porzellan beschaffen sind, einzig der Rosaton fehlte.
Mit Blick auf das ehemalige Leichenhaus sagte ich mir, dass dort Baurs Vater und Mutter gelegen haben mussten und dass darunter zu jener Zeit Schweine untergebracht gewesen seien, die dann zufälligerweise geschrien hätten, wenn man die Toten besucht, ihnen eine Nelke, ein paar Vergissmeinnicht oder eine Winteraster gebracht habe. Auch kam mir in den Sinn, dass Baur gesagt hatte, von diesem Spital aus habe man einen seiner Cousins, der mit zwanzig unter die Landstörzer gegangen sei, in einem Umzug zum Friedhof hinbegleitet. Und es sei ein wunderschöner Nachsommertag gewesen, ein Wetter, wie's gewöhnlich nur Landstörzer hätten bei ihrer Beerdigung. Er, Baur, habe das schon einige Male beobachten können, eben, dass Landstreicher, auch verkappte, immer

schönes Wetter gehabt hätten bei ihrer Beisetzung. Und Schmetterlinge seien herumgeflattert, als der Sarg vor dem Spital gestanden und der Pfarrer das Gebet gesprochen habe. Und sein Cousin sei dann auf dem Friedhof neben den Organisten zu liegen gekommen, der seinerzeit einem Herzinfarkt erlegen sei und den man bei einem Schneetreiben beerdigt habe. Beim Warten vor dem Trauerhaus habe ein Prediger laut herausgelacht, und zwar aus einem sehr entwickelten Gebiss hervor. Dabei habe es heftig geschneit. Heute befinde sich auf dem Grab des ehemaligen Organisten auch die Urne seiner Frau. Diese zwei Leute seien ihnen, Katharina und ihm, sehr lieb gewesen. Eine der Töchter lebe übrigens in Amerika. Und Katharina und er hätten eigentlich damit geliebäugelt, einmal nach Amerika zu fliegen und bei der Organistentochter abzusteigen und von dort aus dann das *gelobte* Land zu durchstreifen, um doch noch die Füsse auf indianische Erde gesetzt zu haben. Er habe ja immer geträumt davon, zur Herbstzeit in Vermont wandern zu können, dort, wo es diese Birken- und Ahornwälder gebe, die im Herbst eine Färbung annähmen, wie man sie bei uns nicht für möglich halte, wobei diese Verfärbung ungewöhnlich lang andauere. Dort hätte er gerne gewandert, gegen den Wind (angereichert mit Litaneien der Indianer), und hätte sich gerne Büffelherden vorgestellt, die weidend oder galoppierend über die Prärie gezogen seien. Dabei hätte er sich auf den Spuren des letzten Mohikaners zu wähnen versucht, wobei Katharina als die *Weisse Rose* (Sealsfield) zu fungieren gehabt hätte. Und auf einem der verlassenen Bahnhöfe wäre er bestimmt auf den Gangster gestossen, auf dessen stoppelbärtigem Gesicht eine Schmeissfliege gesessen, über welche der Gangster die Mündung des Revolvers gestülpt hätte, um dann, den Zeigefinger auf dem Rohr, dem Gesang der Schmeissfliege zu horchen, während der Wind das *Lied vom Tod* über die Prärie getragen hätte. Sicherlich wäre er bei Sonnenuntergang auf einem Hügel stehen geblieben, Blickrichtung Westen, und wäre sich als Häuptling Seattle vorgekommen, die Ahnen anrufend in den ewigen Jagdgründen, wobei der Federschmuck geflattert hätte. Auf einem anderen Hügel hätte er, Baur, vermutlich seines Bruders gedacht, des Philipp, der ein Jahrhundert zu spät zur Welt gekommen sei und dessen Leben sich eigentlich im Wilden Westen hätte abspielen müssen. Vermutlich hätte er die Handharmonika mitgetragen, als Trapper, um abends am Lagerfeuer ein Lied zu intonieren, ein helvetisches, während am Himmel die Schäfchenwolken dahingezogen wären, dem Pazifik zu. Auch hätte er bestimmt daran gedacht, wie Philipp, der Boxer, im ausrangierten Pferdestall den Sandsack bearbeitet, wobei er, Baur, sich immer wieder gewundert habe, dass Philipps

Hand-, Ellenbogen- und Achselgelenke das überhaupt auszustehen vermocht hatten. Die Nägel, an denen der Sandsack gehangen habe, steckten übrigens heute noch. Und er hätte darauf gehofft, da und dort noch Sonnenblumen anzutreffen, denn er habe gelesen, dass die Pioniere, um den Nachfolgern den Weg zu weisen, auf ihrer Route jeweils Sonnenblumenkerne gesteckt hätten, so dass die Wege in den Wilden Westen sozusagen Sonnenblumenpfade gewesen seien.

Die Frau des Organisten sei einige Male bei ihrer Tochter in Amerika gewesen und habe ihm von dort sogar einmal eine ganze Anzahl Ahornblätter mitgebracht, herbstliche natürlich und aus Vermont. Irgendwo müssten diese Blätter sicherlich noch sein. Er habe vorgehabt, sie auf Papier zu plazieren und hinter Glas zu bringen, um sie an der Wand aufzuhängen, als Andenken an den grossen Herbst von Vermont. So habe er immerhin einige Blätter aus Vermont, geschenkt von der Frau des Organisten, die jetzt ihrerseits plaziert sei neben dem Grab seines Cousins, der mit zwanzig unter die Landstörzer gegangen und im Alter als solcher auf der Strasse umgekommen sei, vis-à-vis eines Schuppens, wo eine Dreschmaschine, die aber von Pferden habe gezogen werden müssen, untergebracht gewesen sei. Diesen Schuppen gebe es heute noch, Gott sei Dank, bloss wüssten wahrscheinlich nur noch wenige Leute, dass dort einmal eine

stolze, schwarze Dampfmaschine dringestanden habe, die im Herbst das Getreide von Amrain gedroschen, das im Frühling in *zartem* Grün die Felder bestanden habe, um dann im Hochsommer zu wallen wie der Pazifik zum Abend hin.
Sie befinde sich nun also auf dem Grab ihres Gatten, des Lehrers und Organisten, jene Frau, die ihm die Ahornblätter heimgebracht habe aus Vermont. Und das Grab dieser beiden liege übrigens in der Nähe vom ehemaligen Grab des Kavallerie-Majors und seiner Frau, welches einen Stein aufgewiesen habe mit einem Engel darauf, der eine Lilie in Händen, dafür aber keine Flügel gehabt habe, wenn er sich recht erinnere. Auf dem Stein von Lindas Mutter sei nämlich auch ein Engel gewesen. Einer jedenfalls habe Flügel gehabt und in der linken Hand eine Rose.
Und so habe er, wenn Katharina und er das Grab des Organisten und seiner Frau aufgesucht hätten, auch gleich das Grab seines Cousins mit dabei gehabt, was ihm dann immer wieder das Leben des letzten Landstörzers ihres Landstrichs in Erinnerung gerufen habe, natürlich bruchstückhaft, denn diese Leben, wenn sie resümiert würden, seien für gewöhnlich so dürftig, so ohne Anhaltspunkte, so ohne Materialität, was ihm, Baur, stets beweise, dass unser Leben doch weitgehend eine Sache der Spiritualität sei. Aber das wisse er noch, wie dieser sein Cousin von Zeit zu Zeit aufgetaucht sei in

Amrain, an Föhntagen vor allem, und wie er einmal im Schneematsch gelegen habe vor dem Haus des Notars, und wie er ein andermal eine Kirschblütenknospe abgebrochen und gegessen, und wie ein gewisser Respekt es ihm, Baur, verunmöglicht habe, sich ihm anzubiedern.
Übrigens sei dann auch sein letzter Cousin dahingegangen. Der zweitletzte sei ja Schmied gewesen und habe auf dem Gesicht die Verzerrungen beibehalten, die aufzutreten beliebten beim Biegen des Eisens, wobei er, Baur, sich erinnere, wie Schmiede, Arbeiter schlechthin, den Intellektuellen gegenüber meistens nur Hohn übrig hätten, und zwar nicht unbedingt verbalisierten; und wie er am Abend nach der Beerdigung hingegangen sei, um von weitem nach dem Gehöft auszuschauen, wo der Schmied gewohnt habe, zusammen mit der Familie seines Bruders, und wie er gefunden habe, das Gehöft habe sich geduckt wie eine Katze, die man aufheben wolle gegen ihren Willen, während es Tage später wieder entspannt dagelegen habe. Und die Sommer und die Winter und die Frühlinge und die Herbste seien dann wieder darüber hingegangen, und der Wind habe erneut an die Ziegel gestossen, an die Wände und Fenster, während auf dem Dach Spuren von Kalk zurückgeblieben seien vom Weisseln der Aufbauten. Und der Wind werde blasen, sofern man ihn nicht kaputtmache, und werde die Litaneien, auch

die lautlosen, hinnehmen und sie über Gehöfte tragen, über Bäume und Gartenzäune, und einem Anstösse geben, nicht die üblichen, von denen so viel geredet werde, und die, wenn sie stattfinden täten, einen schon lange flachgelegt hätten.
Mich fröstelte, obschon ich den Mantel umgehängt hatte. Ich ging auf und ab. Der Mond hatte sich inzwischen von den Dächern gelöst, auch vom Wald, über den im Frühjahr gelegentlich schwefelgelbe Wolken dahinzögen, die jeweils von Jakob dem Korber und Imker befriedigt registriert worden seien.
Baur schlief, wie ich durch die Glasscheiben der Balkontür feststellen konnte. Ich entsann mich, wie Baur in Olten von einer Schmeissfliege geredet hatte, die er eines Morgens in der Küche gehört, worauf er die Tür zur Laube geöffnet, dort Licht gemacht und dabei an Damaso Alonso gedacht habe. Dieser Alonso habe eine Schmeissfliege umgebracht, um ein Gedicht zu Ende schreiben zu können. Dann habe er eines geschrieben auf den Tod einer Schmeissfliege. Die Fliege sei wirklich in die Laube geflogen, ans Fenster. Habe zu zappeln begonnen. Eine Spinne sei angerückt. Spinne und Fliege seien aneinandergeraten, heftig, kurz. Die Spinne sei weggegangen. Die Schmeissfliege habe sich verstrickt, sei dann freigeworden, einige Zentimeter gefallen, wieder hängengeblieben, von der Spinne erneut umwickelt worden, während am

Hang Kirschbäume aufgeleuchtet hätten, auch Zwetschgenbäume. Die Schmeissfliege habe gezappelt, gez... sei losgekommen, zum nächsten Fenster geflogen, hängengeblieben, diesmal von einer grossen Spinne umwickelt, dann von hinten angegangen worden. Die Schmeissfliege habe zu zucken begonnen. Die Zuckungen seien verebbt. Die Spinne sei weg gewesen. Vor den Fenstern hätten Lichtkegel bald diese, bald jene Partie der Staffage angeleuchtet, während Blätter vorübergetrieben seien, rote und gelbe.
Ich stützte mich auf das Balkongeländer und schaute nach dem Mond, der unterdessen etwas höher gestiegen war, und stellte mir Baur vor, wie er in seinem Bettzeug drinsteckte, reglos; schaute dann nach den Wolken, die sich gegen Süden ausgebreitet hatten, locker freilich, so dass der Streifen, wo es Sterne gab, schmaler geworden war.

«Bindschädler, in Claude Simons Roman *Das Gras* war gerade die Marie angekommen, als ich aufschaute und einen weissen Fleck auf dem Rasen sah, den ich für Flugasche hielt. Und wie ich so hinschaute, taumelte ein Kohlweissling herunter, setzte neben dem Fleck auf, trippelte darum herum, schnuppernd gleichsam, hob dann ab, um in der Bläue zu verschwinden, übrigens ostwärts, den Wolken gleich.

Die alte Marie war also bei Pierre, ihrem Bruder, angekommen, am Fusse der Pyrenäen, an einem Sommertag, ohne Staub auf den Schuhen, ohne Flecken am Kleid, obschon sie tagelang in Viehwaggons mitgefahren war. Man reichte ihr einen Stuhl, nachdem die Hunde sie beschnuppert hatten. Sie erzählte von ihrer Flucht. Sie blieb dann bei Pierre, schenkte der Louise (Pierres Schwiegertochter) einen Ring, später die restlichen Schmucksachen. Über dem Landstrich lag der Geruch faulender Birnen, als sie eines Tages von ihrem Spaziergang zurückkehrte, sich im Garten auf einen Stuhl setzte, den Feldblumenstrauss fahren liess, aus einer Schräglage heraus, worauf man sie ins Bett brachte, wo sie dann in Agonie fiel und ihre Lunge einen Blasebalg zu imitieren begann, weitherum hörbar, so dass zu besagter Duftkulisse eine Geräuschkulisse hinzukam, durch welche man einerseits die Zeit zu riechen und andererseits das dahinziehende Leben zu hören vermeinte. Mittlerweile ging der Krieg weiter. Die Sabine (Pierres Frau) schnitt Dahlien, überreichte sie der Louise, bald auf die Dahlien schauend, bald darüber hinweg, während die Marie dalag, aus Papiermaché gleichsam, bar aller Geschlechtsmerkmale, einem Ramses gleich. Über Wand und Decke des Sterbezimmers strich ein grosses T aus Sonnenlicht. Und Pierre wurde mit jedem Tag fetter, Sabine versoffener, Georges (ihr Sohn) verschuldeter und

die Louise mit jedem Tag gefesselter an eine Welt, die sie nicht mochte. Dazwischen zwitscherten die Spatzen, wusch der Hausdiener das Auto, mischte sich in das Atmen der Marie das Klopfen des Motors der Bewässerungspumpe. Ein Marienkäferchen stieg einen Grashalm hoch», sagte Baur, zog die Hände unter dem Kopf hervor, strich die Bettdecke glatt und schaute zur Eiche.
Vom Korridor her waren Schritte zu hören, die sich aber entfernten.
«Dann war der Geruch nach Birnen wieder da», sagte Baur, «und das Sonnen-T und der schwere Atem und das Klopfen des Motors und das Kreischen der Spatzen. Auf der Mauer lauerte die Katze. Die Dahlien blühten in entsetzlicher Schönheit. Die Bäume erschauerten zuweilen. Und der Krieg nahm seinen Lauf wie das Wasser der Bäche, an deren Ufern tote Soldaten lagen, die Hände ins Gras verkrallt. Als letztes hatten sie noch Erde gerochen. Dann wühlten die Ameisen in ihrem Haar. Und Louise stiess in Maries Tagebüchern auf die Ausgaben für die Reisigbündel, das Schneeräumen, für den Sarg ihrer Schwester. Während auf dem Foto mit dem bäurischen Ehepaar, den zwei Töchtern (Lehrerinnen) und dem Jüngling, der Professor werden sollte, noch ein Unbekannter mit dabei war, dem die Marie vermutlich beizubringen hatte, von ihr abzusehen, denn ihr Bruder müsse Professor werden.

Bindschädler, mittlerweile war es Abend geworden. Der weisse Fleck auf dem Rasen hatte sich als toter Kohlweissling herausgestellt. Die Spatzen lärmten in den Forsythiensträuchern. Von den Wässermatten kehrten die Krähen heim. Dann zogen die Sterne auf.
Am Morgen stellte die Rasenfläche ein Geschmeide dar, das da und dort auffunkelte, mittendrin der tote Kohlweissling. Am Nachmittag setzte ich mich wiederum mit Claude Simons *Gras* unter den Holunderbaum, wobei ich erneut die Zeit zu riechen und das dahinziehende Leben zu hören vermeinte, zwischendurch aber den Blick schweifen liess, den Jurahang hoch, in einen Himmel, der ohne Wolken war.
Dann sah ich den Kohlweissling heranfliegen. Am Boden hielt er sich eine Zeitlang still, umkreiste den toten Partner und hob ab, um in einen Himmel zu entschwinden, der an diesem Tag eben von makelloser Bläue war», sagte Baur, strich mit der rechten Hand die Bettdecke, dann die Haare glatt, den Blick auf die Eiche gerichtet.
Ich dachte daran, dass 1745, am 5. August und an den folgenden Tagen, eine so erstaunliche Menge Papillons über ein Dorf bei Dresden geflogen sei, alle weiss in der Farbe, dass es ausgesehen habe, als ob es stark schneie. Und ich entsann mich, dass gewisse Schmetterlingsweibchen durch ihr Parfum imstande seien, in einem Umkreis von zehn Kilo-

metern alle Schmetterlingsmännchen in Erregung zu versetzen; und dass die Schmetterlinge auch besser sehen und besser hören könnten als wir Menschen, und dass 1942 in Amerika über drei Tage hin und auf einer Strecke von fünfundsechzig Kilometern schätzungsweise drei Trillionen Distelfalter an einem staunenden Publikum vorbeigezogen seien.
«Holunderbeeren fielen herunter», sagte Baur. «Meine Mutter hat jeweils Sirup aus ihnen gekocht, zur Kräftigung der Bronchien. Über dem Gehirnwald, Bindschädler, muss übrigens Novemberlicht liegen, abendliches, nach den Aufnahmen zu schliessen, die ich gesehen habe.»
Baur langte nach Claude Simons Buch.
«Und die Louise sah dann den Zug aus Pau vorbeigleiten, unter ohrenbetäubendem Lärm. Die Lokomotive zog einen Funkenschweif hinter sich her», sagte Baur, die letzte Seite des Buches aufschlagend. Er las: «Dann wurde das Geräusch schwächer, es wurde immer leiser, verhallte und überliess den Platz wieder der Stille, dem Frieden der Nacht, in die noch dann und wann, immer seltener, die letzten Tropfen klatschten, und dann schien, obgleich nicht der leiseste Wind wehte, wahrscheinlich ein ganzer Baum zu erschauern, wobei alle seine Blätter einen plötzlichen, letzten Regen abschüttelten, dann fielen noch ein paar Tropfen,

und dann, eine ganze Weile danach, noch ein Tropfen — und dann nichts mehr.»
Baur schloss das Buch, legte es zurück.
«In dem Moment, Bindschädler, tauchte wiederum der Kohlweissling auf, taumelte herunter und blieb an der Seite der toten Gefährtin stehen. Dann klappte er die Flügel ein paarmal auf und zu.
Claude Simons letztem Tropfen nachhorchend stellte ich fest, dass der Kohlweissling weg war, gleichsam vom Winde verweht.
Anderntags war auch der tote Kohlweissling weg.
Das Ohr am Holunderbaum, das sich aus einer Astwunde heraus entwickelt hatte, bekam nichts zu hören, denn die Kohlweisslinge tanzten oder liessen sich wiegen zuoberst auf den Blüten der Luzerne», sagte Baur. Er liess das Kopfende der Matratze hinuntergleiten und drehte sich ab.

Baur schien zu schlafen. Ich nahm den Mantel, zog ihn über und begab mich auf den Balkon. Dort ging ich auf und ab, überschaute den Himmel, der jetzt nur noch einen schmalen Streifen ohne Wolken aufwies, über den Alpen eben, wobei die Nacht aber verhältnismässig hell geblieben war, des Vollmondes wegen.
Ich schaute nach der Fassade des alten Spitals, nach dem Fenster jenes Zimmers, wo Baurs Mutter gestorben sei, und dann nach jenem, hinter welchem

der Vater seinerzeit das Leben ausgehaucht habe. Und es seien dann der Vater und die Mutter zu ihrer Zeit dort unten im Leichenhaus gelegen, bis sie eingesargt gewesen und abgeholt worden seien, mit dem Leichenwagen. Man habe dann Amrain zum Teil durchquert, um danach einzubiegen in jenen Weg, den der Vater, die Mutter, Gisela, Julia, Johanna, Benno und Philipp begangen hätten, dabei den Kirschenhain passierend vorn an der Biegung des Weges, die grosse Matte des Eierhändlers, den riesigen Kirschbaum ihres Obstgartens, der die Hälfte seiner Krone über den Weg ausgebreitet und auf dessen Höhe *Choli,* ihr letztes Pferd, noch einmal zurückgeschaut habe, als es abgeführt worden sei vom Schlächter. Und als sie den Vater und später die Mutter abgeholt hätten, hätten jeweils die Schweine geschrien, eben jene unter der Leichenkammer.

Ich blieb stehen, schaute in die Kronen der Eschen, dann wieder nach der Nordfassade des alten Spitals mit der Rampe, wo früher sommers je eine Kübelpalme gestanden hätte, stützte mich auf dem Geländer auf, warf einen Blick über Amrain hin. Dabei fiel mir eine beleuchtete Giebelwand auf, nach deren Bewandtnis nachzufragen, ich mir vornahm, und bekam Baur vor Augen, wie er auf der Gösgerstrasse ein Kastanienblatt, das heisst dessen Stiel zwischen Daumen und Zeigefinger hin und her trüllte, so dass sich das Blatt ausnahm, als wäre es ein flatterndes Huhn, Kopf nach unten; sah ihn in seiner vorgebeugten Haltung, die Baskenmütze auf, nach der er gelegentlich langte, als müsste ihr Sitz überprüft und, wenn nötig, reguliert werden. Auch Möwen stellten sich ein, die flussabwärts flogen. Einige setzten auf, flogen wieder hoch, ungefähr auf Eichenhöhe. Ich roch den Benzindampf der Autos, welche die Gösgerstrasse in beiden Richtungen befuhren; bekam den *Dampfhammer* zu Gesicht, die Kantine der Eisenbahner, mit der Jahrzahl 1925 über dem Eingang und dem Ahornhain auf dem Platz davor; schaute auf das Gelände vis-à-vis, wo Eisenbahnachsen gelagert waren, und hörte Baur sagen: «Sind die Plastikblumen auf den Gräbern ein Zeichen dafür, dass wir immer weniger mit hineinnehmen in unsere Gräber, immer weniger Verflossenes, Unwiederbringliches, das dann eingeht in die Lilien über uns, in die Vergissmeinnicht, die Schneeglöckchen und als deren Duft (falls sie solchen abzugeben belieben) dann verströmt. Worauf dieser Duft in den Hinterbliebenen wiederum jenes verrückte Bedürfnis auslösen kann, zurückzuschauen oder mit dem Gestern zu leben.» So rundherum könne es laufen. Wobei die Plastikblumen natürlich etwas ganz Besonderes an sich hätten, geradezu eine neue Epoche zu signalisieren vermöchten, eine Epoche, die in Konkurrenz zur Natur zu treten versuche, und zwar auf linkisch-schmerzliche Weise, und wo diese Konkurrenzprodukte höhnischerweise die echten Produkte, die Plastiklilien die gewöhnlichen Lilien zum Beispiel, um ein Vielfaches überdauerten, so dass den Plastikblumen etwas Schmerzliches anhafte, indem sie das Rührend-Linkische aufwiesen, das Machwerke kennzeichne, besonders eben Sträusse aus Plastik.

Aus den Kronen der Eschen war der Wind zu hören. Die Zweige bewegten sich unter einem Himmel, der von Wolken befahren war. Es roch nach Schnee.

Ich fröstelte, scheute mich aber, einzutreten, weil ich dabei vielleicht Baur hätte aufschrecken können. Ich ging auf dem Balkon hin und her, die Hände auf dem Rücken verschränkt, wie Baur es getan, zeitweilig, als er mir vom Soldatentreffen erzählt hatte, in der unteren Stube, wo vor einem der Fenster ein Forsythienzweig in einer Vase steckte, dessen Knospen am Aufbrechen waren. Und die Fahnen schoben sich vor, von denen er geredet hatte, die Fahnen über den Gassen der Garnisonsstadt, auch die grösste, die Schweizerfahne, die ich im Wind liegen sah, beinahe waagrecht, worauf sie absackte und gleichmütig weiterschwang. Auch das Lied vom Kameraden bekam ich zu hören, vom Korridor her.

Dann begann es zu schneien.

Ich stellte mich ans Geländer, stützte mich auf, schaute nach der Lampe beim ehemaligen Leichenhaus, beobachtete das Spiel der Flocken, das an den Tanz der Kohlweisslinge gemahnte, dachte an Vermont und dass Baur gesagt hatte, Solschenizyn habe sich übrigens dort niedergelassen, laut dem Bericht einer Zeitung, wobei dieses Vermont für Solschenizyn so etwas wie ein Ersatz-Russland bedeute, mit seinen unermesslichen Wäldern und harten Wintern, wo von der kanadischen Grenze Wölfe herüberkämen, und wo's eben diese Herbste gebe, sozusagen flammende Herbste, die länger andauerten als die unsrigen. Dort habe sich also Alexander Solschenizyn niedergelassen und habe, was etwas Einmaliges sei, ein Haus um sein literarisches Projekt herumgebaut, und zwar in einer Einsamkeit, die dem einzigen Zwecke diene: der Arbeit an dem auf viele Bände konzipierten Romanzyklus *Das rote Rad,* der die russische Revolution einschliesslich ihrer Vorgeschichte (ab 1914) und ihrer Nachgeschichte bis 1922 schildern solle. Solschenizyn sehe in diesem Epos sein Lebenswerk, das er als Achtzehnjähriger schon begonnen habe, von dessen Fortführung, geschweige denn Vollendung ihn schon bald aber der Kriegsdienst und der Brotberuf des Schullehrers, dann Lagerhaft, Krankheit und immer neue Schikanen der sowjetischen Bürokratie abgehalten hätten. Selbst jene Erzählungen, Romane und Dokumentationen, mit denen er sich vom Trauma der Lagerhaft befreit habe und durch die er weltberühmt geworden sei

— *Ein Tag im Leben des Iwan Denissowitsch, Der erste Kreis der Hölle, Krebsstation* und der *Archipel Gulag* —, selbst jene Werke erschienen ihm heute weitgehend als Vorstufe und Ablenkungen vom Eigentlichen.

Neben dem Gästehaus und einer sommerlichen Arbeitsdatscha habe Solschenizyn sich ein Wohnhaus und ein Atelierhaus bauen lassen. Beide seien durch einen unterirdischen Gang miteinander verbunden, damit er selbst bei tiefstem Schnee sich mühelos an seinen Arbeitsplatz begeben könne. Das Atelierhaus bestehe aus drei Stockwerken: unten eine Bibliothek, die sozusagen alle benötigten Quellen enthalte; im ersten Stock der Materialienraum, wo auf grossen Tischen, Stapel auf Stapel, die dicht mit Notizen bedeckten Karteikartenbündel für das Romanwerk vorsortiert seien; schliesslich im Obergeschoss der helle Arbeitsraum mit den grossen Fenstern und dem Blick auf den Wald ringsum. Hier entstehe in der kleinen Schrift des einstigen Lagerhäftlings, der nicht nur unter Schreibverbot, sondern stets auch unter Papiermangel zu leiden gehabt habe, das historische Romanwerk.

In der ganzen Weltliteratur sei dies vermutlich das einzige Beispiel eines Hauses, das ein Autor für die Entstehung eines einzigen Werkes konstruiert, um ein Buchprojekt herum gebaut habe. Man sehe im Haus der Solschenizyns auch eine Kapelle. Sie sei mit Ikonen geschmückt. Oft komme ein orthodoxer Priester vorbei und lese die Messe.

Es könne wohl sein, dass er hier sterben werde, habe Solschenizyn gesagt, aber der Wunsch verringere sich nicht und auch nicht das Gefühl tief in seinem Innern, dass er bei Lebzeiten in sein Heimatland zurückkehren werde.

Das grosse Epos, dem zuliebe Solschenizyn den Wettlauf mit der Zeit aufgenommen habe, sei ein Versuch, *Krieg und Frieden* noch einmal zu schreiben. Mit neun Jahren habe er den Entschluss gefasst, Schriftsteller zu werden. Mit zehn Jahren habe er *Krieg und Frieden* gelesen. Diese Lektüre habe ihn aufgewühlt. Von diesem Moment an habe er angefangen, Bücher über die Revolution zu lesen, bis dann dem Achtzehnjährigen die Idee seines eigenen Geschichtsepos wie eine Vision erschienen sei, und zwar am 18. November 1936 in Rostow, auf der Puschkinstrasse.

Tolstoi, Puschkin: Schutzheilige, die für ein anderes, ein spirituelles Russland stünden und den Jüngling offenbar davor bewahrt hätten, sich den Spielregeln der stalinistischen Epoche anzupassen.

Der erste Band des Epos liege jetzt vor, der *Erste Knoten,* wie er im Untertitel heisse. Man merke diesem Werk die Beschädigungen an, die der Autor im Leben erlitten habe: Jahrelang im Lager am Schreiben gehindert, habe er im Gedächtnis die Erzählungen der Leidensgenossen, die am Ersten

Weltkrieg und an der Revolution teilgenommen hätten. So sei Solschenizyn zu einem Archivar des Leidens geworden, und er sei es wohl trotz seiner grossen erzählerischen Begabung immer geblieben. Insofern ähnele das, was man bisher vom *Roten Rad* kenne, dem *Archipel Gulag* mehr, als Solschenizyn sich wohl selber klarmache.
Baur schlief, wie ich durch die Scheiben hindurch feststellen konnte. Ich blickte nach der Lampe beim ausrangierten Leichenhaus, jeweils wenn ich westwärts schritt, zählte gleichsam die Flocken, bekam dabei den Kirschenhain zu Gesicht, den an der Biegung des Weges, dann den Kirschbaum in Baurs Obstgarten, bei dessen Anblick Baurs Schwager, der Ferdinand, immer wieder gesagt habe, er lasse keinen seiner Kirschbäume mehr so hoch werden. Er säge jeden oben ab. Er wolle keine hohen Kirschbäume mehr.
Und ich fragte mich, ob man am Ende lebe, um sich eben erinnern zu können, was jenes Verlangen erklären würde, von dem Baur in Olten geredet hatte, jenes verrückte Bedürfnis, zurückzuschauen oder mit dem Gestern zu leben oder immer wieder die Fäden in den Griff zu bekommen, die einen verbänden mit dem Verflossenen, Dahingegangenen, Unwiederbringlichen, das sich irgendwo aufgelöst haben müsste, und das doch präsent, nicht wegzuschaffen sei, das dann irgendwie mit uns in die Erde gelegt werde, wo es sich auflösen, ver-

flüchtigen oder miteingehen müsste ins Mineralische, Stoffliche, um dann in den Blumen, den Lilien zum Beispiel, den Astern, Märzenglöckchen, Vergissmeinnicht über uns wiederum präsent zu werden, als deren Duft zu verströmen.
Durch das Filigran der Eschenkronen hindurch waren die Dächer Amrains zu sehen, die der Schnee eben aufgehellt hatte. Und ich dachte daran, dass unter einigen dieser Dächer Baurs Leute gelebt hatten und dass auch Baurs Cousin, der Albert, unter einem dieser Dächer zu Hause gewesen sein musste, dessen Uhren die Amrainer Zeit gleichsam um die Wette vertickt hätten. Und ich sagte mir, dass Baurs Cousins bei festlichen Anlässen über Amrains Dorfstrasse marschiert sein müssten, als Trompeter in der Blechmusik, deren Klänge sich über die Dächer davongemacht hätten, über die ohnehin viele Sommer dahingegangen seien, ebensoviele Winter natürlich, Herbste, aber auch Frühlinge mit Forsythien, Schneeglöckchen, Buschwindröschen und Immergrün. Ich entsann mich des Velohändlers, dem Baur kein Velo abgekauft und der es als Kunstturner nie besonders weit gebracht habe, im Gegensatz zu Lindas Vater und dessen Bruder.
Ich stellte mich ans Geländer, stützte mich auf, fühlte mich zurückversetzt in jenen Moment, als Baur und ich das Eisenrohr umfasst hielten an der Aare, bekam deren Spiegelungen vor Augen,

deren Gelb-, Orange- und Grautöne, erinnerte mich, wie Baur erwähnt hatte, auch Hemingway sei von *Krieg und Frieden* aufgewühlt worden, er habe sogar gesagt, er, Hemingway, gäbe eines seiner Werke her, wenn er noch einmal *Krieg und Frieden* zum *ersten* Male lesen könnte.
Einmal habe er mit einem Professor aus Leipzig über *Krieg und Frieden* geredet, wobei der Professor darauf hingewiesen habe, dass von Prokofieff eine Oper vorliege, die er aufgrund dieses Romans geschrieben habe. Pünktlich zu Weihnachten dann sei aus Leipzig eine Schallplatte eingetroffen mit Ausschnitten aus Prokofieffs Oper. Er, Baur, sei vor allem auch beim ersten Anhören aufgewühlt worden, als er eben zum ersten Male Nataschas Stimme gehört habe und jene Andrejs. Der Walzer vom Ball des Zaren, an dem Andrej und Natascha mitgetanzt hätten, gehe durch die Oper hindurch, quasi als roter Faden. Auch Kutusow trete auf und der Chor der Landwehrmänner. So sei ihm dann *Krieg und Frieden* neu wieder erstanden, vor allem die Liebe von Natascha und Andrej.
Ich erinnerte mich, wie Baur und ich Schostakowitschs Vierte angehört hatten, gleichsam zum Abschied, und erblickte die Kuppeln der *Christi-Verklärungs-Kirche,* den Onegasee und Natascha, die nach der Insel ausschaute, während die Bluse ihre Brüste umfächelte und Fürst Andrej bald das

eine, bald das andere Ruder betrachtete, um dann nach den Wolken zu starren, die gleichmütig dahinzogen, sozusagen aus Gaze, aber ohne zu fächeln.
Ich schaute wieder auf die Dächer von Amrain, die mittlerweile noch weisser geworden waren, schüttelte die Hände, hielt sie gegeneinander, eine Muschel bildend, hauchte hinein, rieb sie und verschränkte dann die Arme. Auf Amrain ergoss sich hie und da Mondlicht, was einen an Jasnaja Poljana denken liess und an Tolstois Grabstätte im Wald drin.
Ich stützte mich auf, horchte auf den Bach, der zwischen den Spitalliegenschaften durchfliesst, die Grundmauern des ausrangierten Leichenhauses bespülend, und wiederholte mir, dass man möglicherweise lebe, um sich erinnern zu können; und dass es eine Zeit gegeben habe, wo man einen vom Gelebten habe abblocken wollen.

Die Nachtschwester zog die Tür hinter sich zu.
«Dort gibt's heute ein Dancing, Bindschädler», sagte Baur, nachdem ich gefragt hatte, was es auf sich habe mit der beleuchteten Giebelwand, die gleichsam als Wahrzeichen über Amrain stehe. «Das Dancing gehört zur Brauerei, weisst du, wo das Turnerfoto gemacht wurde und wo ich stand, als der Umzug des Spitalbasars vorüberkam, mit

der Johanna als *Helvetia,* gestützt auf den Schild mit Schweizerkreuz, die Lanze in der Hand.
Damals gab's nördlich der Gaststube zwei Akazien, feinblättrige, aber verstaubte.
Als Kind hatte ich davon reden hören, dass der Wirt, ein massiger Mann, gelegentlich in der leeren Gaststube gesessen und bei offenem Fenster ein gewaltiges Gelächter losgelassen habe.
Damals, Bindschädler, war der Brauerei noch ein Landwirtschaftsbetrieb angegliedert. Die Scheune steht übrigens heute noch, *zweckentfremdet* freilich. Im Haus schräg gegenüber gab's eine Schneiderei. Dort wurden auch Konfektionskleider hergestellt. Hinter den Schaufenstern war der Stoffladen. Aus diesem Schneidergeschlecht stammte mein Schulkamerad, der Hans. An Sommertagen, wenn die Kastanienbäume schon ein dunkleres Grün hatten und der Wirt zuschaute, wie die Garbenfuhren in die Tenne eingebracht wurden, durfte ich in der guten Stube über dem Stoffladen sitzen, wo's nach Kleiderpuppen roch, und Mazurken anhören, Nocturnes, Polonaisen, Chopinsche natürlich, die Hans herunterzuspielen geruhte.
Später, Bindschädler, wenn ich Mazurken hörte, hatte ich nicht bloss galizische Landstriche mit Kirschbäumen vor Augen, sondern immer auch die gute Stube über dem Stoffladen.
Die Eingangstür zum ehemaligen Stoffladen steht übrigens heute noch zu Diensten, Kunden freilich,

die sich die Haare schneiden oder sich Dauerwellen machen lassen wollen.

Hans wurde später Kaufmann, wie sein Bruder, der auf die Handelsschule Solothurn ging und ein Studentenband umhatte, ein Band, wie die Turner es tragen, freilich ohne die Abzeichen.

Martha, ihre älteste Schwester, hat uns jeweils um vier Uhr Tee mit Gebäck serviert», sagte Baur, schloss die Augen, wonach seine linke Hand reflexartig zuckte.

Ich bekam Kastanienbäume und den Hans vor Augen, der mit dem ganzen Leib daran war, *Berceuse* zu interpretieren, in der Stube über dem Stoffladen, vis-à-vis der Brauerei mit den zwei Kastanienbäumen, wo das Turnerfoto gemacht wurde, auf dem Osterwalder, der damalige Konsumverwalter, als Passivmitglied nicht links aussen stehe, wie er, Baur, mir gesagt habe, sondern rechts neben dem Fähnrich, denn er habe vor nicht langer Zeit das grossformatige Foto wieder angeschaut, das jetzt übrigens nicht mehr über dem Schreibtisch ihrer Tochter hänge, sondern oben in der Halle, und zwar links neben der Badezimmertür, und so, dass man es abhängen müsse, wenn man die Turner abbekommen wolle. Und auf diesem Turnerfoto seien eben der Vater Lindas abgebildet und dessen Bruder, der Schuhmacher, der über lange Zeit hin Oberturner gewesen, und der Schmied, der im besten Alter mit dem Fahrrad

unter die Lokalbahn geraten sei. Und noch immer hafte der Brauerei mit den zwei Kastanien vor der westlichen Giebelfront etwas Sommerliches an. Auch den Wind gebe es noch, der um sie herumstreune, wenn auch mit anderen Gerüchen durchsetzt. Der Balkon übrigens sei kürzlich renoviert worden, so dass er Gott sei Dank weiterhin mittun könne, die Jahrhundertwende zu repräsentieren, die Zeit des Jugendstils.
«Der Hans», sagte Baur, «ist, wie gesagt, Kaufmann, aber nicht alt geworden. Er hatte ein Mädchen aus Amrain geheiratet, das zum Teil den gleichen Schulweg hatte wie Philipp und ich. Eine gewisse Zerbrechlichkeit hat ihn durchs Leben begleitet. Auch Frédéric Chopin ist mit ihm gegangen. An Klassenzusammenkünften hat er Klavier gespielt. Vor zwei, drei Jahren, als Katharina die Martha im Altersheim besucht hatte, habe diese unter Schluchzen erzählt, wie ich immer wieder zu Hans gekommen sei, und wie Hans dann in der guten Stube Mazurken gespielt und wie man dann zusammen Tee getrunken habe», sagte Baur. Er schaute auf die Winterastern, als sänne er den Zeiten nach, wo die Kirschbäume Fackeln simulierten auf schwarzen Pfosten. Vielleicht aber hatte er dabei die drei Frauen mit Winterastern vor Augen, deren Bild nun an der Ostwand seiner Seele hänge, während *Base Elise am Ofen stehend* die Südwand und Caspar David Friedrichs Bild *Die*

Lebensstufen die Nordwand ziere, wobei er Friedrichs *Lebensstufen* immer als die eigentliche *Toteninsel* empfunden habe.
Ich döste vor mich hin.
Baur hob das Kopfende der Matratze an, lächelte und sagte: «Bindschädler, im Hotel Löwen gab's vor dem Brand einen Saal mit Bühne, und zwar über der Konsumfiliale und direkt an der Strasse. Ein Jugendstil-Ornament umrandete die Bühne. Dort führten die Dorfvereine ihre Theater auf. Aber auch der Turnverein hielt dort seine Übungen ab. Dort habe ich zum ersten Mal einer Theateraufführung beigewohnt, während sich mein erstes Filmerlebnis auf einer Wiese zutrug, im Zirkus Wanner eben, der den Stummfilm aufs Dorf gebracht hatte, wobei der Film jeweils anschliessend an die Varietévorstellung gezeigt wurde. Und wenn Wind ging, klatschten die Tücher um den Zirkus herum, und in den Apfelbäumen sassen Zaungäste. Als kleiner Junge schon habe ich mitgeturnt auf der Bühne des Löwensaals, denn ich wollte ja Artist werden, unter freiem Himmel meine Kunststücke vorführen. Und später noch, Bindschädler, bin ich unter dem Holunderbaum gelegen, habe durchs Blattwerk nach den Sternen geschaut und mir vorgestellt, wie es hätte sein können, wenn ich wirklich Artist geworden wäre und unter dem Sternenzelt meine Künste dargeboten hätte, während mir Mädchen,

Männer und Turner des jeweiligen Dorfes zugeschaut hätten, staunend natürlich. Und ich hörte die Münzen klingeln in meinem Blechteller.
Anschliessend an das Gebäude mit dem Saal drin und der Bühne hat's noch die sogenannte Löwenscheune gegeben, wo Kohle und Briketts untergebracht waren. Dann folgte das Doktorhaus. Der Garten hatte in der Achse einen Kiesweg, der zu einer Gartenlaube hinführte, die aus Eisenbögen gefertigt und mit Geissblatt überwachsen war. Vor dieser Geissblattlaube ist übrigens ebenfalls ein Turnerfoto gemacht worden. Zuvorderst lagen zwei Jungturner, aufgestützt auf den Ellenbogen und Kopf gegen Kopf. Dahinter sassen und standen die übrigen Turner, drei mit Lorbeer-, zwei mit Eichenkränzen. Zwischen Doktorhaus und Drogerie hindurch führte ein Kiesweg hinter das Hotel Löwen. Dort gab's eine Kegelbahn, deren Häuschen ebenfalls mit Geissblatt bewachsen waren. Auch ein Schlachthaus stand dort, darin ein angehender Techniker wohnte, bei dem ich einige Algebrastunden genommen hatte. Dieser Mann wurde später Direktor der Lokomotiv-Fabrik Winterthur, wo jene Lokomotive herstammt, die vor der SBB-Werkstätte in Olten steht und die Nummer 2958 trägt, wenn ich mich recht erinnere», sagte Baur.

Baur und ich mussten über längere Zeit geschlafen haben.
Mich fröstelte.
Ich stand auf, verwarf die Beine, die Arme, betrachtete die Winterastern, vor allem die porzellanfarbenen, knöpfte den Mantel zu und setzte mich wieder hin.
«Bindschädler, im Mantel gemahnst du mich an den Mann vor der *Toteninsel* im Museum zu Basel», sagte Baur, lächelnd. «Und weisst du noch, Bindschädler, wie du mir weismachen wolltest, unsere Seele gleiche dem Museum für naive Kunst an der Ulica Dabrowiecka zu Warschau, wo nach immer raffinierteren Möglichkeiten gegriffen werden müsse, die Schätze zu horten und gleichzeitig zu präsentieren. Auch von einem Foto hast du geredet, wo Ludwig Zimmerer vor einer Uhr stehe, die so etwas wie Weltenzeit verticke, was mich an Albert denken liess und seine Uhren, die ringsherum die Wände bedeckten und den Ehrgeiz hatten, die Amrainer Zeit als erste zu verticken, was ein hektisches, sich gegenseitig konkurrierendes Geticke absetzte, das ich übrigens nur einmal anzuhören imstande war, bei meinem einzigen Besuch eben, den ich Albert abgestattet hatte in seinem Uhrmacherheim, das heute einem Prediger gehört. Albert starb zur Zeit, als die Rosskastanien reif waren. Auch die Dahlien hatten geblüht. Und die Witwe beauftragte mich, die Beer-

digung zu organisieren. Am Beerdigungstag schien die Sonne», sagte Baur, lächelte wiederum, schaute eine Weile zur Decke, dann nach der Eiche im Schnee mit dem Tümpel davor.
Er musste gespürt haben, dass ich seinem Blick gefolgt war. «Bindschädler, Bäume habe ich gemocht, die Linde unter dem *Güggel* zum Beispiel, auf welcher die Bise musizierte, wenn es Winter war; oder die Platanen, welche die Strasse säumen zum Bahnhof hin; oder die Lindenallee mit Springbrunnen vom Schloss Ebenrain; oder die Hagebuchen vom Schloss Oberhofen, die eine Laube bilden dem See entlang; oder den Kirschbaum, angesichts dessen der Ferdinand jeweils seinen Vers von den niedrigzuhaltenden Kirschbäumen von sich zu geben pflegte, und der periodisch aufgesucht wurde von einem Buntspecht, was aber in letzter Zeit nicht mehr zutraf. Jetzt hat er Aststummel, welche die Rinde lassen. Es ist unglaublich, Bindschädler, wie wandlungsfähig dieser Baum ist, unter dem Einfluss des Lichts eben und der Jahreszeiten. Gerne hätte ich, statt mit einem Vogel, wie Claude Lévi-Strauss es sich einmal gewünscht hat, mit diesem Kirschbaum geredet, der schon zur Zeit der Schlacht bei Borodino Villons *Baum im Sommerwind* gemimt haben musste und dessen Früchte jetzt den Vögeln und den Würmern überlassen blieben. Jeden Morgen und jeden Mittag hielt ich gleichsam Zwiesprache mit ihm, wobei

eine Amsel oder ein Specht oder eine Taube, ein Eichelhäher oder eine Elster dreinschwatzten. Hinter diesem Kirschbaum präsentierte sich der Bergwald mit seinen Buchen, Eichen, Föhren und Wildkirschen, durch die zuweilen der Wind dermassen strich, dass er zu *kochen* schien, was auf Regenwetter hindeutete.

Ich sah auch Bäume dahingehen, Bindschädler, Bäume, mit denen ich sozusagen gelebt hatte. Wenn sich Schnee fingerdick auf ihre Zweige legte, waren sie mir besonders nahe, diese Bäume, auch wenn Eiszapfen von ihren Zweigen hingen, bei Eisregen zum Beispiel, der das Land unwirtlich machte.

Etliche Bäume hatte ich selber zu fällen, weil sie an Pilz erkrankt waren oder an Altersschwäche litten. Und wenn man deren Holz im Ofen verbrannte, roch es eben nach Apfel-, Kirsch- oder Zwetschgenbaum.

Aber auch die Kastanienbäume vom Park Schönbrunn sind mir nahe gewesen, welche die Wege säumen zum Schloss hin, über die der Bezirkshauptmann Trotta geschritten ist, um bei Kaiser Franz Joseph um Gnade zu bitten für seinen Sohn.

Wenn ich von Gärten träumte, und das tat ich gelegentlich, bekam ich zumeist den Schlosspark von Versailles zu Gesicht, das heisst bestimmte Ahorne, Buchen, Eichen, zumeist in herbstlichen Farben. In vielen Fällen war auch der Wind mit dabei, der ja auch durch unsere Bronchienbäume streicht und ein wenig auch durch die riesigen November-Abend-Wälder unter dem Haarboden», sagte Baur. Er schloss die Augen.

«Übrigens, Bindschädler, soll man neulich entdeckt haben, dass bei Schizophrenen ein Teil der Gehirnbäume kopfsteht. Und am Anfang der Bibel steht der *Baum des Lebens* mitten im Garten Eden.

Also die Bäume von Schönbrunn und vor allem jene von Versailles und auch ein wenig die von Ischl (die ich aber nicht kenne), ganz zu schweigen von den Kastanien in Florenz, jene oben am David-Platz, sind die Bäume, die mit in meine Baumgalerie hineingehören. Aber letztlich sind doch vorwiegend Kirschbäume drin; und da gehört auch jener dazu, der dem Kirschenhain gegenüber gestanden hat. Dieser riesige Baum ennet der Strasse, der späte Kirschen hervorbrachte, obgleich er ein Frühblüher war, und der sich besonders gut ausnahm bei Mondschein, zur Blütezeit natürlich, wo man sich dann so hinstellte, dass man den Mond durch die Blütenkrone hindurch zu Gesicht bekam, wobei man darauf tendierte, einen einzelnen Zweig vor den Mond zu bekommen, ins Mondgegenlicht also, dieser Baum trieb Blüten, die dunkle Griffel aufwiesen, was dem Weiss der Blüten einen bläulichen Schimmer gab.

Einen Ehrenplatz nimmt die Akazie ein, die feinblättrige, vom Pötzleinsdorfer Friedhof, die Katharina und ich beobachtet hatten, vor abendlichem Goldgrund, als der Pusstawind vom Wienerwald her mit ihren Blättern spielte. Und, Bindschädler, die Kastanienbäume oben beim David-Denkmal demonstrierten einem, dass Bäume ein Geschichtsbewusstsein haben, vor allem eben Kastanienbäume, wenn sie blühen und Wind drin ist. Kürzlich habe ich gehört, dass das Zellulosewerk, wo der Ferdinand Kocher war, Zellulosekocher, im Laufe der Jahre also ganze Wälder *verarbeitet* hat, dass ausgerechnet dieses Zellulosewerk unglaubliche Mengen *Schadstoffe* in den Luftraum speie, was den sauren Regen absetze, der den Baumkronen schade und auch das Erdreich versäuere, was den Wurzeln schlecht bekomme», sagte Baur. Er zog die Bettdecke hoch, liess das Kopfende der Matratze hintergleiten und drehte sich ab.

Ich schaute zur Eiche hinüber, zu dieser Reproduktion in Rotbraun, mit den Winterastern darunter.

Ich rekapitulierte Baurs Gerede von den Bäumen des Parks zu Versailles und versuchte, mir den Gehirnwald deutlich zu machen, zumindest die Vergrösserung einer Gehirnzelle, die aussehe wie ein Baum vor abendlichem Novemberhimmel bei Wind. Und ich sagte mir, dass ja auch auf Böcklins *Toteninsel* Bäume stünden, Zypressen eben, sehr dunkle natürlich; und dass die schneebehangenen

Tannen des Justistals mich dazu animiert hätten, Baur zu Weihnachten Adalbert Stifters Werke zu schenken; und dass Adalbert Stifter aus dem Böhmerwald gestammt, als Schulinspektor fungiert und sich zu guter Letzt umgebracht habe.
Baur bewegte sich. Ich erschrak, schaute hin und stellte fest, wie mitgenommen er eigentlich aussah, nahm aber gleichzeitig ein Lächeln auf seinem Gesicht wahr, beinahe ein Strahlen. Er schaute mich eine Weile an.
«Bindschädler, immer wenn ich an Waldrändern Eichengestrüpp antraf, war der Eichenkranz wieder da, mit Eicheln darauf und Schlaufen daran, Schlaufen mit goldenen Fransen.»

«Katharina und ich sind übrigens noch einmal nach Paris gefahren, mit ein paar Leuten aus Amrain», sagte Baur, nachdem die Nachtschwester die Tür hinter sich zugezogen hatte. Die Spritze schien rasch zu wirken.
«Ich schaute mir die Ebenen an, die Wälder, Schlösser, die da und dort aus Parks auftauchten, beobachtete den Himmel darüber, dachte an Combray, Swann, Père Lachaise und an die zwei Rosen (langstielige, rote), die ich Marcel Proust bringen wollte, und an die gelbe, die Maria Walewska zugedacht war.
Dann erreichte man Paris, entstieg dem Zug im

Gare de l'Est, bewunderte die grazile Eisen-Glaskonstruktion der Halle, fuhr ins Hotel, das sich in der Nähe des Eiffelturms befand, und ging noch am selben Abend an die Seine hinunter, obwohl es regnete. Anderntags traf man sich mit einem deutschen Ehepaar, Germanisten, auf den Stufen zum Pantheon, und zwar pünktlich um zwölf. Man beschaute sich das Pantheon, fuhr dann mit der Metro zum Friedhof Père Lachaise, wo ich mir am Kiosk die Rosen kaufte, freilich keine gelbe erhielt. Mittlerweile hatte es aufgeklart. Man betrat den Friedhof, überliess sich der Führung des Germanisten, beschritt gepflästerte Strassen mit Totenhäusern daran und riesigen Bäumen, von denen einige aufleuchteten, was einen an heimatliches Novemberlicht gemahnte, an die Staffage beim Kampf der Schmeissfliege mit der Spinne. Übrigens waren es vorwiegend Kastanienbäume, die angeleuchtet wurden. Dann stand man vor der schwarzen Marmorplatte mit der Aufschrift *Marcel Proust.* An den Seitenflächen sind die Namen der Mutter, des Vaters und des Bruders vermerkt. Es waren bereits Rosen da, auch Nelken und Kastanien. Ich legte zwei meiner drei Rosen hin, zog die Mütze, stellte mich ans Fussende der Platte, gegenüber einem angeleuchteten Kastanienbaum, dachte an Prousts Tante Léonie, an deren Lindenblütentee und die Madeleine, und wie diese beiden zusammen (die Madeleine eingetaucht in den Lindenblütentee) in

Proust die Erinnerungen ausgelöst hätten an die Zeiten von Combray, an die Zeitläufte des Lebens schlechthin, was dann den riesigen Roman *Auf der Suche nach der verlorenen Zeit* gezeigtigt habe. Und ich erinnerte mich, dass es in Combray das Haus der Tante Léonie noch gebe, als Museum zumindest, und dass Leute dorthin wallfahren, und dass es den Garten noch gebe, durch den Swann gelegentlich gekommen und wo die Grossmutter auf und ab gegangen sei, auch bei Wind und Regen, während Tante Léonie in ihrer letzten Zeit sich geweigert habe, das Zimmer und zuletzt sogar das Bett zu verlassen. Auch die Weissdornhecke sei noch vorhanden und die Vivonne, pappelbestanden wie eh und je.

Bindschädler, es war immer mein Wunsch gewesen, Combray einmal aufzusuchen, dort in die Kirche zu gehen und mir die Begegnung mit der Herzogin von Guermantes vorzustellen. Auch hätte ich die Figuren in Stein, die Glasmalereien abbekommen wollen, obschon sie nur ein Abglanz dessen sein können, was eben im Roman aus ihnen geworden ist.

Dann suchte man nach Maria Walewskas Grab. Nach einiger Zeit, nicht weit vom Hauptportal entfernt, stiess man auf ein Totenhaus, in dessen Putz *Maria Walewska* eingeritzt war. Ich legte meine Rose auf die Türschwelle. Man ging noch ein wenig herum, geriet dabei an das Grab Frédéric

Chopins, vor dem gerade Deutsche standen, knipsend.
Katharina und ich sind übrigens einmal in Valldemosa auf Mallorca gewesen, wo Frédéric Chopin mit der George Sand eine Zeitlang in einer Kartause gelebt hatte. Dort sind wir vor den Vitrinen mit Partituren und Porträts gestanden, auch vor dem Flügel; sind hinausgetreten in das Gärtchen vor den Gemächern, wo es Reben gab, Dahlien, Lilien, Lorbeer und Buchs, und haben hinausgeschaut ins Land, *wo die Zitronen blühn»*, sagte Baur, lächelnd. Er strich sich über die Stirn, beliess die Hand einen Moment auf den Augen und atmete tief.
«So war ich nun also dem Chopin begegnet, den zu interpretieren sich Hans bemüht hatte, ein Leben lang, wobei jeweils der ganze Leib mit dabei war, wenn er Mazurken *hinlegte,* Polonaisen, Walzer. Das letzte Mal erlebte ich's an der Klassenzusammenkunft, im Saal der Brauerei, nahe der Kastanienkronen. Er hatte die Zigarette im Mund, wenn er spielte, und ein Glas Weisswein auf dem Klavier, das schwarz poliert war und die Paare spiegelte.
Frédéric Chopin, Marcel Proust und die Walewska sind also auf dem gleichen Friedhof. Auch einige Marschälle Napoleons ruhen dort, Marschall Ney zum Beispiel, dessen Taschenkompass sich im Militärmuseum zu Borodino befindet...»
«Wo auch Kutusows Essbesteck aufliegt», ergänzte

ich Baur, der nach der Glatze langte, dabei auf die Eiche schauend, die Eiche im Schnee mit dem Tümpel davor.

«Ja! — Katharina hängte mir ein, denn auf den Stufen lagen Kastanien. Am Portal fragte man den Pförtner nach dem Grab der Maria Walewska. Es stellte sich heraus, dass die Rose richtig plaziert war.

Bindschädler, die Walewska war in meinem Leben immer wieder präsent, durch den Film vermutlich, den Katharina und ich als junge Leute gesehen hatten. Greta Garbo spielte die Walewska. Am Schluss stand Napoleon an einem Butzenfenster, während sich Marias Segler entfernte, unter einer Musik, die immer stärker wurde. —

Dann sind wir in den Invalidendom gegangen, in dessen Geschichte das bedeutendste Ereignis die Überführung der Gebeine Napoleons von der Insel St. Helena gewesen sei. Nach langjährigen Verhandlungen mit den Engländern, die den Kaiser 1815, nach der Schlacht bei Waterloo, auf die Atlantikinsel deportierten, habe König Ludwig Philipp seinen Sohn nach St. Helena geschickt. Der Prinz habe dort die Exhumierung vornehmen lassen. Der Sarg sei für zwei Minuten lang geöffnet worden. Ergriffen hätten die Anwesenden geschwiegen: Napoleon, in der Uniform der Chasseurs de la Garde, sei noch nach neunzehn Jahren fast unverändert in seinem Sarg gelegen.

Der Leichnam Napoleons sei über Le Havre seineaufwärts nach Paris gebracht worden. Die Trauerfeier habe am 15. Dezember 1840 stattgefunden. Im Schneegestöber hätten sechzehn Pferde (Schimmel, nehme ich an, wie es sie im Himmel gibt, nach der Offenbarung zu schliessen, wo die Rede ist von einem Heer auf weissen Pferden) den Leichenwagen unter dem Triumphbogen hindurch über die Champs-Elysées zum Place de la Concorde gezogen und von dort zur Esplanade des Invalides.

Bindschädler, dieser letzte Triumphzug Napoleons hat sich mir dann zusammengetan mit dem Umzug der Jauchekutscher des Joachim Schwarz, dem Umzug vom Spitalbasar, dem Kindermaskenzug, wo die Maske am Hinterkopf getragen wurde, so dass die Kinder rückwärtszugehen schienen, durch einen Vorfrühlingstag, wo die Zeit drauf und dran ist — abzubrechen, was die Kindermasken immer wieder abzuwenden vermochten, für die Gefilde Amrains zumindest, wobei man eine Zeitlang eher dazu neigte, dieses Verdienst den Inkwiler Neger-, Indianer- und Zigeunertänzern anzulasten», sagte Baur, drehte sich ab und schwieg über längere Zeit.

«Auf den Champs-Elysées hat sich dann der Erzähler in Prousts *Auf der Suche nach der verlorenen Zeit* mit Gilberte getroffen, Swanns Tochter, wobei die Gilberte eine Bedienstete bei sich hatte und auch der Erzähler begleitet wurde von der Françoise, welche ursprünglich die Köchin der Tante Léonie gewesen war, solange diese noch gelebt hatte, in Combray, wo die Familie des Erzählers ihre Osterferien zubrachte. Und wenn Gilberte und der Erzähler sich trafen, sass häufig auch die alte *Débats*-Leserin da, in einem Gartensessel, mit der Gilberte sozusagen befreundet war und in deren Gunst zu gelangen, sich auch der Erzähler erträumte. Dieser Alten bin ich dann begegnet im Centre Pompidou, und zwar im Bild der *Greta Prozor*. Wir waren einzeln durch das Museum gegangen. Ich schlug dann vor, die Sammlung noch einmal gemeinsam zu durchgehn, wobei jedes *sein* Bild vorzeigen sollte. Katharina brachte uns vor die *Greta Prozor,* das Matisse-Bild», sagte Baur, langte zum Knauf hinunter, wonach sich das Kopfende der Matratze etwas anhob. «Wir sind also in den Invalidendom gegangen, haben einen Rundgang oben und dann einen unten gemacht. Ich schaute mir, die Hände auf die Brüstung gestützt, den Sarkophag an, der aus rotem Porphyr gehauen ist und auf einem grünen Granitsockel steht. Der Leichnam des Kaisers ruhe in sechs ineinandergestellten Särgen: der erste sei aus Weissblech, der zweite aus Mahagoni, der dritte und vierte aus Blei, der fünfte aus Ebenholz und der letzte aus Eiche. Zwölf Siegesgöttinnen stehen vor dem offenen Säulengang, die erfolgreichen Feldzüge Napo-

leons von 1797 bis 1815 symbolisierend. Der Eingang zur Krypta liegt hinter dem Baldachin. Über der bronzenen Tür steht der Satz aus dem Testament des Kaisers: ‹Ich wünsche, dass meine Gebeine am Ufer der Seine ruhen, mitten unter dem französischen Volk, das ich so geliebt habe.›
Im Hintergrund der Cella, vor der Statue Napoleons im Krönungsgewand, befindet sich seit 1969 die Grabstätte Napoleons II., Herzog von Reichstadt und König von Rom, der 1832 im Alter von einundzwanzig Jahren in Wien starb. 1940 soll er aus der Kapuzinergruft in Wien, auf den Tag genau hundert Jahre nach der Überführung seines Vaters, nach Frankreich gebracht worden sein.
Bindschädler, ich habe lange auf den Sarkophag hinuntergeschaut. ‹Napoleon, du hast also die Natascha und den Fürsten Bolkonskij noch einmal zusammengebracht›, sagte ich, ‹wenn auch nur für kurz und eigentlich auf grässliche Weise. Und du hast dem Kutusow zugesetzt und den russischen Landwehrmännern und bist ihm, dem Kutusow, gewiss gelegentlich zwischen die Zeilen geraten, wenn er französische Romane las. Du hast Pierre in Moskau jagen und beinahe hinrichten lassen, Pierre, der später Natascha geheiratet, die dann Flädlisuppe (und so weiter) gegessen und Kinder aufgezogen hat. Und dich haben danach die russischen Landwehrmänner gejagt, über die Beresina auch. Weisst du noch? Und dann bist du auf

St. Helena am Butzenfenster gestanden, die Arme verschränkt, aufs Meer hinausstarrend, wo Maria Walewskas Segler dahinglitt, unter einer Musik, die immer stärker ward.› —
Im Heeresgeschichtlichen Museum traf man auf das Bild der Schlacht bei Borodino, auf Utensilien Napoleons, auf Uniformen, sein Essbesteck, zwei Feldbetten, in deren einem er gestorben sei. Seiner Büste habe ich über den Scheitel gestrichen. Dem Pferd, das er auf St. Helena geritten hat, habe ich einen Klaps versetzt. Auf diesem Pferd musste er an die Schlacht bei Borodino zurückgedacht haben, Bindschädler, auch an die Pratzer Höhe, wo er Fürst Bolkonskij liegen sah, die Fahne in der Hand, dem Sternenhimmel zugetan und glücklich — eigentlich», sagte Baur.

In die Kastanienbäume der Gartenwirtschaft südlich der Brauerei habe er oftmals geschaut, vom Schulzimmer aus, im Frühling vor allem, wenn das *zarte* Grün sich über die Kronen auszubreiten beliebt und während die Fassade der Brauerei durchgeschimmert habe, Paris evozierend.
Ich strich den Schnee vom Geländer, stützte mich auf, schaute Richtung Lampe beim ehemaligen Leichenhaus und stellte fest, dass es immer noch schneite, in grossen Flocken, die ruhig, geradezu gemessen, um nicht zu sagen feierlich vom

Himmel herunterschwebten; schaute dann in die Tiefe, die Finsternis und bekam den Sarkophag vor Augen, den monumentalen, in monumentaler Umgebung, denn ich hatte auch einmal an den Überresten des *Korsen* gestanden; und entsann mich, in der Notre-Dame seiner Krönung gedacht zu haben, die acht Jahre vor seinem Marsch nach Borodino stattgefunden hatte.

Alles sei Stille, hatte Baur in Olten gesagt, alles; nachdem er zuvor behauptet hatte, eigentlich sei alles Bewegung; er glaube, Poesie, das sei nichts, Bewegung sei alles: die Grosse Newa fliesse dahin, seit eh und je, die Moskwa, die Aare und so weiter; in den Leibern fliesse Blut, im Meer der Golf-, im Gehirn der Gedankenstrom, während Gedärme sich wänden, die Erde sich drehe. Alles sei also Stille. Die Poesie sei es nicht, und die Bewegung sei es nicht: die Stille sei's! Jene, die sich in Beinhäusern vorfinde, zwischen aufgeschichteten Oberschenkelknochen der Greise und jenen der Mädchen, zwischen Beckenknochen der Knaben und Backenknochen der Greisinnen. Und wenn einmal die Blumen, Gebeine, Flüsse nicht mehr seien, das heisse die Aare nicht mehr fliesse, der Rhein, die Grosse Newa, die Moskwa, dann werde alles Stille sein.

Mich fröstelte, obwohl ich den Mantel anhatte, wobei ich mir jetzt selber als der Mann vor Böcklins *Toteninsel* vorkam, der Baur veranlasst hatte, auf Grunewalds *Kreuzigung* auszuweichen, wo ihm jeweils das phosphoreszierende Grün, der sommersprossige Leib des Gekreuzigten, die makellose Rüstung des Soldaten aufgefallen seien. Aber auch van Goghs *Klavierspielerin* und sein *Selbstbildnis* haben ihn beeindruckt und vor allem Hodlers Bild vom Aeschisee, der ja bloss zwei, drei Kilometer vom Inkwilersee entfernt und ebenfalls erstaunlich unberührt sei. Auf der Terrasse des Restaurants könne man im Sommer bei einer *Coupe Dänemark* die Sonne hinter den Wäldern westlich des Sees untergehen sehen, durch das Geäst einer Esche, wobei einem die Schokolade für gewöhnlich erkalte.

Katharina und er seien oftmals, etwa mit Besuchern, die per Auto angerückt seien, an den Aeschisee gefahren, wo übrigens der Bruder einer Schulkameradin ertrunken sei, beim Baden vom Boot aus. Der Leichnam sei nie mehr zum Vorschein gekommen. Man habe gemunkelt, der See fliesse unterirdisch ab.

Der Ambulanzwagen kam dahergefahren, mit Blaulicht, passierte die Brücke über den Bach und verschwand Richtung Eingang. Man hörte Autotüren zuschlagen, Leute reden. Abrupt brachen diese Geräusche ab.

Das Wahrzeichen Amrains, die erleuchtete Giebelwand der Brauerei, war erloschen. Gelegentlich traten Lichtkegel auf, ähnlich jenen, die mitge-

wirkt haben mussten, als Baurs Schmeissfliege um ihr Leben kämpfte, nur handelte es sich hier um Mondlicht. Und wenn ich zur Lampe beim ausrangierten Leichenhaus schaute, sah ich die Flokken taumeln, was wiederum an Schmetterlinge gemahnte, die früher als Seelen gegolten hätten und jetzt am Aussterben seien, was nicht verwundere, hätten doch sogar die Eichen Mühe.
Ich ging auf und ab.
Zuweilen blickte ich nach Baur, der reglos in seinem Bette lag, dann wieder zum alten Spital, wo hinter den erleuchteten Fenstern vermutlich Nachtschwestern sich aufhielten, zwischen den Runden zumindest.
Mich fröstelte immer mehr. Ich kehrte ins Zimmer zurück, legte den Mantel auf den Tisch, schaute nach dem Bild mit der Eiche im Schnee, ging zum Nachttisch, ergriff Prousts *Im Schatten junger Mädchenblüte,* schlich zurück, setzte mich hin, schlug die Seiten auf, zwischen denen ein Buchzeichen lag, und las:
«Odette hatte jetzt bei Beginn des Winters in ihrem Salon Chrysanthemen von enormen Ausmassen und einer Vielfalt der Farben, wie Swann sie früher bei ihr nicht hatte vorfinden können. Meine Bewunderung für diese Blumen — wenn ich Madame Swann einen jener traurigen Besuche machte, bei denen ich in ihr wegen meines Kummers die ganze geheimnisvolle Poesie der Mutter

jener Gilberte wiederfand, der sie am nächsten Tage sagen würde: ‹Dein Freund hat mich gestern besucht.› —, kam zweifellos daher, dass diese Blüten, blassrosa wie der Seidenstoff auf den Louis-XIV-Fauteuils, schneeweiss wie ihr Hauskleid aus weissem Crêpe de Chine oder von dem metallischen Rot des Samowars, über die Ausstattung des Salons eine zweite legten von ebenso reichem Kolorit, ebenso raffiniert, aber lebendig diesmal und nur für wenige Tage bestimmt. Doch wurde ich weniger durch die Vergänglichkeit dieser Chrysanthemen berührt als vielmehr durch ihre relative Dauerhaftigkeit im Vergleich zu den ebenso rosigen und ebenso kupferfarbenen Tönen, die die untergehende Sonne verschwenderisch über die grauen Nebel der Spätnachmittage im November verströmt; nachdem ich sie auf dem Wege zu Madame Swann am Himmel hatte erlöschen sehen, fand ich sie nun nachlebend und verwandelt im flammenden Kolorit der Chrysanthemen wieder.»
Ich schloss das Buch, auch die Augen, bekam die Tasse im Hause der Tante Léonie zu Gesicht, von der Baur gesagt hatte, dass eine Lindenblüte daneben liege; und sagte mir, dass der Erzähler die Gilberte auf den Champs-Elysées getroffen habe, zum Spielen, und dass die *Débats*-Leserin häufig dabei gewesen sei, mit welcher Gilberte auf gutem Fusse gestanden und die ihn, Baur, im nachhinein an *Greta Prozor* erinnert habe.

Ich döste vor mich hin, spürte, dass mir das Buch aus den Händen zu gleiten drohte, stand auf, begab mich zum Nachttisch, legte *Im Schatten junger Mädchenblüte* auf *Das Gras,* welches seinerseits auf *Jakob von Gunten* lag, der die Bibel als Unterlage hatte. Wieder im Sessel und eingehüllt in den Mantel, versuchte ich zu schlafen, bekam aber den Kindermaskenzug vor Augen, dem wir gefolgt waren, als ich Baur zum ersten Mal in Amrain besucht hatte, und entsann mich, dass er gesagt hatte, Jahre später sei er mit einem Besucher am ersten Karnevalstag wiederum dabeigewesen. Vor der Plakatwand, vis-à-vis des Restaurants, wo sie jeweils das Leichenmahl einzunehmen geruht hätten nach der Beerdigung eines Klassenkameraden eben, habe der Wind in eine Lache grüner Konfettis gegriffen und Hunderte von Scheibchen in Gang gebracht, schön ausgerichtet, in gleicher Schräglage auch, wobei ihn das Grün der dahinrollenden Scheibchen an das grunewaldsche der Kreuzigungsszene gemahnt habe. Auf Kommando gewissermassen habe der Wind die Papierchen wieder losgelassen, so dass alle zur gleichen Zeit und auf dieselbe Seite zu liegen gekommen seien, gelegentlich noch aufmucksend, wenn ein Hauch darüber gestrichen sei.
Dann musste ich eingeschlafen sein. Im Traum bekam ich es mit Napoleons Gespann im Schneetreiben zu tun, mit den Jauchekutschern des Joa-

chim Schwarz, dem Umzug vom Spitalbasar, angeführt von der Blechmusik, dem Kindermaskenzug. Hintereinander gingen sie im Kreis herum, auf der grossen Matte des Eierhändlers, auf welcher der Hahnenfuss blühte, und über die Napoleon hinweggeschaut hatte, durch ein Fernrohr eben, aufgelegt auf die Schulter eines Pagen, als ich am Fenster der unteren Stube sass, wo Baur vom Soldatentreffen erzählte. Ich versuchte, den Umzug in die entgegengesetzte Richtung zu dirigieren, was mir nicht gelang, worauf ich ihn stoppen wollte, ohne Erfolg. Kurz entschlossen schwang ich mich auf den Bock einer Jauchekutsche, wo's nach Schlächtereiabfällen roch und nach *Wenn der weisse Flieder wieder blüht* tönte, während die Blechmusik den Radetzkymarsch intonierte, die Fahne hinter mir flatterte (neben welcher der Dirigent marschierte), der Grossohn der Zimmermannswitwe trommelte, die Schneeflocken durcheinanderwirbelnd, die sich gleichsam scheuten, sich abzusetzen auf den Hahnenfuss.
Ich schreckte auf. Baur hatte das Kopfende der Matratze angehoben. Wir schauten uns an, lachten. Ich meldete, dass das *Wahrzeichen* von Amrain erloschen sei, dass sich eine dünne Schneeschicht auf Matten, Äste und Dächer gelegt habe und der Ambulanzwagen angerückt sei, mit Blaulicht.
«Du musst ja müde sein, Bindschädler», sagte Baur.

Ich sagte, ich hätte es eigentlich kurzweilig gehabt, soeben sei ich zum Beispiel Karussell gefahren, auf dem Bock eines Jauchewagens, in einem Umzug drin, angeführt vom Wagen mit den sechzehn Pferden, gefolgt von den Jauchekutschen, dem Umzug vom Spitalbasar, dem Kindermaskenzug. Auch die Blechmusik habe mitgemacht. Das Ganze sei im Kreis herumgegangen, auf der grossen Matte des Eierhändlers, wo der Hahnenfuss geblüht und ein Schneegestöber geherrscht habe.
Ich holte den Champagner und die zwei Gläser hervor, die ich heimlich mitgebracht hatte.
Wir stiessen an. Tranken.

«Die Ballade vom Schneien», sagte Baur, «wurde 1919 veröffentlicht, in der *Neuen Zürcher Zeitung,* unter dem Titel *Winter* eben. Es ist anzunehmen, dass Robert Walser dieses Prosastück auch im selben Jahr geschrieben hat, in Biel, wo er sich, nachdem er 1913 von Berlin zurückgekehrt war, bis 1921 aufgehalten hatte. Im Hotel Blaues Kreuz habe er eine Mansarde bewohnt, die nicht zu heizen gewesen sei und für die er, zusammen mit der Kost, hundert Franken zu bezahlen gehabt und von wo aus er viele Spaziergänge gemacht habe.
In Bern, wo er zuletzt im Gebäude 14/III an der Luisenstrasse gewohnt hatte und wo er immer häufiger von Angstzuständen und Halluzinationen

heimgesucht worden sei, habe er dann Gewaltmärsche gemacht, die ihn bis nach Genf, Thun, Lausanne und Zürich geführt hätten», sagte Baur, schob die linke Hand unter den Kopf, tat dasselbe etwas später mit der rechten und schloss dann die Augen. Vom Korridor her waren Schritte zu hören.

«Nach Luzern bin ich eigentlich selten gekommen, obschon ich dann und wann Heimweh danach hatte, vor allem nach Tribschen, wo ich unter Wagnerschen Klängen, die mich gleichsam als Robe umfingen, den Vitrinen nachzugehen pflegte, den Instrumenten, Porträts. Gelegentlich stellte ich mich an ein Fenster und schaute auf den See oder den Park hinaus», sagte Baur. Er nahm die Hände unter dem Kopf hervor und strich die Bettdecke glatt.

«Bindschädler, fast immer, wenn ich in Biel war, ging ich ins Hotel Blaues Kreuz, trank in der Gaststube, die noch dieselbe ist, in den Ausmassen zumindest, einen Milchkaffee, ass gelegentlich sogar zu Mittag, um danach ein wenig zu lesen oder dem Robert Walser nachzuhangen, dem Noblesse nachzureden wäre, wie den frühbarocken Musikanten, die das Lied der Erde sangen — ohne zu jaulen.

Und dieser Wanderer, der einmal mit Frieda Mermet beinahe Ferien gemacht hatte, am Murtensee, unter slawischem Himmel sozusagen,

dieser grosse Wanderer also hat als freier Mann zuletzt in Bern gewohnt. Und wenn ich nach Bern kam, Bindschädler, bin ich für gewöhnlich auch durch die Thunstrasse flaniert, durch die Luisenstrasse und bin, wenn gerade keine Leute zugegen waren, stehengeblieben und habe mir das Haus 14/III angeschaut.
‹Da hast du zuletzt gehaust, Robert Walser›, habe ich dann etwa gesagt. ‹Und da haben dich Gesichte heimgesucht, die dich dann hinausgetrieben haben.›
Das Restaurant Fédéral, gegenüber dem Bundeshaus, hätte ich gerne auch einmal aufgesucht. Dort soll der Walser häufig eingekehrt sein.
Eine Zeitlang hatte er in der Elfenau gewohnt, wo heute Bundesräte untergebracht sind. *Elfenau* heisst übrigens eines seiner Prosastücke», sagte Baur, drehte sich auf die rechte Seite und zog die Bettdecke hoch.
Ich ging auf und ab, die Arme ein paarmal verwerfend.
«Bindschädler, das Prosastück *Winter* also», sagte Baur, nachdem er sich wieder auf den Rücken gedreht hatte, «erschien 1919 und wurde geschrieben im Hotel Blaues Kreuz zu Biel. Ja! Und im Januar 1929, als ihn die Gesichte, die Stimmen immer mehr bedrängten, zog er von der Luisenstrasse 14/III in die Waldau um, wo bereits der Adolf Wölfli war, der acht Jahre zuvor *Neubau*

Klinik Waldau gemalt hatte. Ungefähr ein Jahr lang waren sie gemeinsam Insassen dieser Liegenschaft, vermutlich ohne voneinander gewusst zu haben.
Später hat man Walser nach Herisau gebracht. Dort hat er aufgehört zu schreiben. Einzig Briefe hat er noch hinausgeschickt, an Frieda Mermet, Carl Seelig und Lisa.
Carl Seelig hat Wanderungen mit ihm gemacht. Es gibt ein Buch davon. An Weihnachten 1956 ist Robert Walser auf einem Spaziergang gestorben — im Schnee...», sagte Baur, drückte den Kopf zurück, schaute zur Decke, langte dann nach *Jakob von Gunten,* reichte mir das Buch, bat mich, dieses beim Lesezeichen aufzuschlagen und die angezeichnete Stelle zu lesen:
«Und nun würde der Schnee kommen und uns einschneien, aber immer würden wir weitermarschieren. Die Beine, das wäre alles jetzt. Stundenlang würde mein Blick zur nassen Erde gesenkt sein. Ich würde Musse haben zur Reue, zu endlosen Selbstanklagen. Doch immer würde ich Schritt halten, Beine hin und her werfen und vorwärtsmarschieren. Übrigens gliche unser Marschieren jetzt mehr einem Trotten. Hin und wieder erschiene in weiter, weiter Ferne ein äffender Höhenzug, dünn wie die Kante eines Taschenmessers, eine Art Wald. Und da würden wir wissen, dass jenseits dieses Waldes, an dessen Rand wir nach vielen

Stunden anlangten, sich weitere endlose Ebenen ausdehnten. Von Zeit zu Zeit fielen Schüsse. Bei diesen vereinzelten Tönen würden wir uns an das erinnern, was käme, an die Schlacht, die da eines Tages geschlagen werden würde. Und wir marschierten. Die Offiziere würden mit traurigen Mienen umherreiten, Adjutanten peitschten ihre Rosse, wie gejagt von ahnungsvollem Entsetzen, am Zug vorüber. Man würde an den Kaiser, an den Feldherrn denken, nur ganz dunkel, aber immerhin, man würde ihn sich vorstellen, und das gewährte Trost. Und immer weiter marschierte man. Zahllose kleine, aber furchtbare Unterbrechungen hemmten für kurze Zeit den Marsch. Doch das würde man kaum merken, sondern marschierte weiter. Dann kämen mir die Erinnerungen, nicht deutliche, und doch überdeutliche. Sie würden mir am Herzen fressen wie Raubtiere an der willkommenen Beute, sie würden mich ins Heimatlich-Trauliche versetzen, an den goldenen, von zarten Nebeln bekränzten, rundlichen Rebhügel. Ich würde Kuhglocken schallen und ans Gemüt schlagen hören. Ein liebkosender Himmel böge sich wasserfarbig und tonreich über mir. Der Schmerz würde mich beinahe verrückt machen, doch ich marschierte weiter. Meine Kameraden zur linken und zur rechten Hand, der Vorder- und der Hintermann, das bedeutete alles. Das Bein würde arbeiten wie eine alte, aber immer noch gefügige Maschine. Brennende Dörfer würden den Augen ein täglich wiederholter, schon ganz uninteressanter Anblick sein, und über Grausamkeiten unmenschlicher Art würde man sich nicht wundern. Da fiele eines Abends, in der immer bitterer werdenden Kälte, mein Kamerad, er könnte ja Tscharner heissen, zu Boden. Ich würde ihm aufhelfen wollen, aber: ‹Liegen lassen!› würde der Offizier befehlen. Und man marschierte weiter. Dann, eines Mittags, sähen wir unsern Kaiser, sein Gesicht. Doch er würde lächeln, er würde uns bezaubern. Ja, diesem Menschen fiele es nicht ein, seine Soldaten durch eine düstere Miene zu entnerven und zu entmutigen. Siegesgewiss, zum voraus schon zukünftige Schlachten gewonnen, marschierten wir in dem Schnee weiter. Und dann, nach endlosen Märschen, würde es endlich zum Schlagen kommen, und es ist möglich, dass ich am Leben bliebe und wieder weitermarschierte. ‹Jetzt geht es nach Moskau, du!› würde einer in unserer Reihe sagen. Ich verzichtete aus ich weiss nicht was für Gründen darauf, ihm zu antworten. Ich wäre nur noch der kleine Bestandteil an der Maschine einer grossen Unternehmung, kein Mensch mehr. Ich wüsste nichts mehr von Eltern, nichts von Verwandten, Liedern, persönlichen Qualen oder Hoffnungen, nichts vom heimatlichen Sinn und Zauber mehr. Die soldatische Zucht und Geduld würde mich zu einem festen, undurch-

dringlichen, fast ganz inhaltlosen Körper-Klumpen gemacht haben. Und so ginge es weiter, nach Moskau zu. Ich würde das Leben nicht verfluchen, dazu wäre es längst zu fluchwürdig geworden, kein Weh mehr empfinden, das Weh mit all seinen jähen Zuckungen würde ich längst ausempfunden und fertigempfunden haben. Das ungefähr, glaube ich, hiesse Soldat unter Napoleon sein.»
Ich klappte das Buch zu, schaute zur Eiche im Schnee mit dem Tümpel davor, dann auf die Winterastern, wobei sich Odettes Chrysanthemen vorschoben, deren Vergänglichkeit einen weniger berühre als vielmehr ihre relative Dauerhaftigkeit im Vergleich zu den ebenso rosigen und kupferfarbenen Tönen, die die untergehende Sonne über die Nebel der Spätnachmittage im November verströme.
Ich legte das Buch, in welchem auch der Roman *Geschwister Tanner* untergebracht ist, auf den Nachttisch zurück.
Man redete dann vom Kossodo Verlag, dass dieser ungefähr dreissig Jahre nach Walsers Verstummen dessen Gesamtwerk herausgebracht habe, gut ediert, und dass er danach zugrunde gegangen sei.
Ich knöpfte den Mantel zu, betrat den Balkon, wischte den Schnee vom Geländer und stützte mich auf.
Es schneite noch immer.
Ich war müde, trotz des Champagners.

Die Nacht hellte gelegentlich auf, wobei eine gewisse Schneehelligkeit ohnehin vorhanden war. —

Da lag nun also Amrain, über das viele Sommer dahingegangen sind, viele Winter, Frühlinge, Herbste, viele Regentage und Dürrezeiten; das aber auch Brände hat hinnehmen müssen, Seuchen, wo die Passanten zum Beispiel die Schuhe in Bottichen zu desinfizieren gehabt hätten, wenn es sich um die Maul- und Klauenseuche gehandelt habe. Und immer muss es seine Schmiede gehabt haben, seine Viehhändler, Sargschreiner, Landstreicher — und am Tag der Schlacht bei Borodino vielleicht auch gutes Wetter.

Ich hörte Bruchstücke aus Schostakowitschs Vierter, bei deren Klängen Natascha und Fürst Bolkonskij mit dem Boot hinausfuhren nach der Insel mit der Waldwiese, über deren Skabiosen Kohlweisslinge tanzten; nahm die Spiegelung wahr, in die Natascha geschaut hatte, die Spiegelung der *Christi-Verklärungs-Kirche* in den Fluten des Onegasees; gedachte ihres Gelöbnisses, wiederzukehren, sommers, wenn die Strandlilien blühn.

Ich liess das Geländer los, steckte die Hände in die Manteltaschen. Auf und ab gehend dachte ich an Baurs Bemerkung, dass es Zeiten gegeben habe, wo man von Bäumen kaum habe reden dürfen, und dass heute von Wäldern die Rede sei. Ich bekam die Ulme zu Gesicht, die vorn auf dem Friedhof

von Amrain gestanden und Jahrzehnte die Grabstätten beschattet, während winters Rauhreif ihre Krone in ein Geweih verwandelt habe, einem Wesen zugehörig, das der Auferweckung harre der Ewigschlummernden, um diese dorthin zu geleiten, wo keine Schatten seien, kein Winter; erinnerte mich des Kavallerie-Majors, dessen Asche vom Winde verweht worden und dessen Haus nun ebenfalls verschwunden sei, samt der Westfassade, die ein Tapies-Bild dargestellt habe, vor dem im Nachsommer gelbe, margeritenähnliche, langstielige Blumen gestanden hätten, vom Winde bewegt, wenn solcher geblasen habe, was dort häufig der Fall gewesen sei.
Und ich dachte daran, dass mir Baur zu verstehen gegeben hatte, es liege sozusagen nichts Schriftliches von ihm vor, denn auch er habe seine Litaneien dem Wind überlassen, auf seinen Wanderungen durch die Städte. Der Wind sei beständiger als die Zellulose. Und immer, wenn er im Zug am Zellulosewerk vorbeigefahren sei, habe er an den Ferdinand denken müssen, an seine Harley-Davidson-Maschine, zu der auch ein Seitenwagen gehört, den er zeitweilig montiert habe, um mit Gisela nach Amrain zu fahren.
Im Moment hellte es auf. Die Wolkendecke musste leck geworden sein.
Ich sagte mir, dass irgendwo die Kohlweisslinge überwintern müssten, und dass im Februar schon

Zitronenfalter *fällig* würden, und freute mich auf den Frühling, obschon der Winter erst recht vor der Türe stand.

Die Nachtschwester hatte noch einmal auf die Türklinke gedrückt, dann aber hörte man Schritte, die immer leiser wurden.
Auf dem Weg hierher sei mir aufgefallen, sagte ich, dass es den Schuhladen nicht mehr gebe, wo Baur die Konfirmationsschuhe hergehabt habe.
«Eines Nachts, um zwei, drei herum, glaubte ich, Schüsse zu hören», sagte Baur, «Schnellfeuer sozusagen, aber irgendwie gedämpft. Am Fenster stellte ich tiefgehende Wolken fest, die über Amrain hintrieben. Es roch nach Schwefel. Dann schlug eine Stichflamme hoch. Ich glaubte, das Haus des Schlossers brenne. Dann vermutete ich, es habe die Brauerei erwischt.
Katharina und ich zogen uns an und eilten ins Dorf: Das Haus des Schuhmachers brannte!
Feuerwehrmänner richteten den Strahl ihrer Wendrohre in das gewalttätige Feuer. Andere trugen Schachteln aus dem Erdgeschoss (der Spengler von nebenan hatte dort ein Warenlager angelegt). Kommandos waren keine zu hören. Die Sirenen hatten ausgeheult.
‹Kleiner, pass auf! Auf dem Bahnhofplatz werden die Barfüsser gehängt›, hat er mir eines Sommertages gesagt, der Mann, dessen Haus nun nieder-

brannte, zusammen mit Diplomen, die es vermutlich auf dem Estrich oder anderswo noch gegeben haben musste, auch Turnerfotos, Lorbeerkränze. Unser Turnerfoto hatte ja auch auf dem Dachboden gestanden, hinter einer Untermatratze.
‹Hier hast du, Schuhmacher, deine Turnerträume geträumt, hast dich schlaflos im Bett herumgewälzt, wenn ein Fest bevorstand oder eines vorüber war, das dir einen Lorbeerkranz eingebracht hatte, einen mit rotweissen Schlaufen, Goldfransen daran›, sagte ich — in die Flammen starrend.
Über viele Jahre hin hat er Männern aus Amrain das Turnen beigebracht, auch obligatorische Marsch- und Freiübungen, auf dem Bahnhofplatz, der damals natürlich noch nicht geteert war; auf dem Bahnhofplatz, wo jeweils der Zirkus Strohschneider sich niederzulassen beliebte, samt dem Aeroplan, auf dem sich der Direktor, zusammen mit einem Artisten, durch die Lüfte drehte, unter dem Sternenhimmel, sofern der Himmel nicht gerade bedeckt war; wobei nicht einmal Tücher diesen Zirkus abschrankten, so dass die Leute freien Zutritt hatten und sich davonstehlen konnten, wenn ein Artist mit dem Blechteller herumging und um ein Benefiz bat. — Jetzt steht ein Mehrfamilienhaus dort, zur Spenglerei gehörig», sagte Baur, fuhr sich wiederum mit der Hand über die Augen, ein paarmal, und schob sie dann unter den Kopf.

«Dort, wo wir standen, um dem Ende der Liegenschaft beizuwohnen, war früher der Obstgarten der Brauerei; heute ist's ein Parkplatz. Anderntags fuhren Lastwagen auf und brachten weg, was übriggeblieben war. So ging es ja auch schon beim Haus des Kavallerie-Majors, dessen Westfassade ein Tapies-Bild imitierte, vor dem im Herbst gelbe Margeriten standen», sagte Baur, in die Leere schauend.
Ich räkelte mich hoch, verwarf meine Hände, feuchtete die Fingerspitzen, legte Fingerspitze auf Fingerspitze, drückte kräftig zu (die Finger nach hinten biegend), liess wieder los, drückte..., verwarf die Hände erneut, liess den Kopf fallen, nach vorn, nach hinten, nach links, nach rechts, rollte ihn hernach in beiden Richtungen, verwarf auch die Beine, zuerst das eine, dann das andere, und ging danach auf und ab.
«Bindschädler, eines Tages im Herbst sprach es sich herum, dass um sechzehn Uhr das ausrangierte Spital gesprengt werde, das sogenannte Weber-Haus. Katharina und ich fanden uns ein, zusammen mit andern natürlich. Und wirklich: Punkt sechzehn Uhr erfolgte der Knall. Die Liegenschaft machte einen Hupfer, blieb in der Schwebe und sackte zusammen. Ein Gelächter überschwappte, und eine Staubwolke stieg hoch», sagte Baur und starrte wiederum in die Leere. Er zog dann die Hand unter dem Kopf hervor und strich die Bettdecke glatt.

«Dieser Hupfer, Bindschädler, begleitet von dem schaurigen Gelächter, war das Ende des ausgedienten Spitals, wo Tod und Leben ein- und auszugehen geruhten, während im Garten der Engel mit erhobenem Arm zwischen zwei Lebensbäumen gestanden hatte, der später in den Garten des damaligen Spitalverwalters und Sekundarlehrers kam, hinter jene Mauer übrigens, an welcher ich seinerzeit Halt zu machen genötigt war und wo ich diesem Engel gelegentlich begegnete, nicht ohne dabei das ausgediente Spital vor Augen zu bekommen, eine der Köchinnen, Krankenschwestern, eingebettet in den Geruch eines Sommertages.
Mit der Liegenschaft sind natürlich auch der wilde Wein und die Glyzinien dahingegangen, die an ihr hochgeklettert waren», sagte Baur, schloss die Augen für Momente, blickte dann auf die Winterastern, die Licht abzugeben schienen, wenn auch nicht dermassen wie die Chrysanthemen Odettes, welche den Salon mit abendlichem Novemberglanz überfluteten; wobei er, Baur, vielleicht an seine drei Schwestern dachte, die als Bild die Ostwand seiner Seele schmückten.
Ich versuchte zu schlafen, bekam es aber erneut mit Napoleons sechzehn Pferden zu tun, den Jauchekutschern, der *Helvetia* und den Kindern mit den Masken am Hinterkopf, die hintereinander im Kreis herumgingen, gegen den Uhrzeigersinn, was ich verrückterweise geändert haben wollte, mitten

auf der grossen Matte des Eierhändlers stehend, der übrigens, wie Baur gesagt hatte, Baumberger geheissen habe. Nachdem sich dann das Karussell im Uhrzeigersinn drehte, begann es zu schneien, aus einer Schräglage heraus, heftig.
«Bindschädler, so sind also in jener Nacht, als das Haus des Schuhmachers brannte, vermutlich noch Kränze und Turnerdiplome als Flugasche über Amrain hingezogen, um sich auf die Matten niederzulassen, wo dann auch der Staub vom ausgedienten Spital aufsetzte, und wo es früher die Eisfelder gab, die mich im nachhinein immer wieder an Robert Walsers *Winter* gemahnten, die Ballade vom Schneien eben, wo auch Eis drin vorkommt, das aussieht wie Fensterscheiben, sich aber bewegen kann wie Wellen, und unter dem die Massliebchen blühn, die sich freuen, wenn einer unten ankommt», sagte Baur.
Ich ging auf und ab, blieb an der Balkontür stehn, schaute in die Nacht hinaus, mit den Fingern auf die Scheiben trommelnd.
Die Werkstatt des Schuhmachers habe sich übrigens neben dem Schuhladen befunden, in der nordöstlichen Ecke der Liegenschaft. Vor dem Fenster an der Nordseite habe eine zweistämmige Birke gestanden, und an Sonntagen, nachdem er nicht mehr Oberturner gewesen sei, habe er Wanderungen im Jura gemacht, zusammen mit einer Grosstochter auch, und die Birke sei dann von den

Nachfolgern abgeholzt worden, wobei das Rondell noch eine Zeitlang geblieben sei, mit Stiefmütterchen bewachsen.

«Die alte Bäuerin und der ebenso alte Malermeister versuchten sich etwa im Kunstlauf, auch paarweise, wenn die Blechmusik spielte und es Sonntag war. Einige assen heisse Würste. Andere tranken Tee mit Rum. Wieder andere fuhren auf den Schlittschuhen davon oder setzten sich ans Bord und schauten zum Wald hinüber, über den frühjahrs, wie gesagt, gelegentlich Blütenstaub hinzog als schwefelgelbe Wolke.

Bindschädler, dann und wann huldigte auch Linda dem Eislauf. Aber auch Hans fand sich ein, der Klavierspieler, der seinen Chopin ein Leben lang beibehalten sollte, dann aber auch den Zigaretten zusprach, dem Weisswein, was ihn einzig etwas zarter machte, zerbrechlicher», sagte Baur.

Ich öffnete die Balkontür, um frische Luft hereinströmen zu lassen. Baur schaute mir zu, lächelnd, und atmete tief.

Es schneite noch immer, in grossen Flocken, die vereinzelt, pathetisch beinahe, heruntertaumelten. Mit Ausnahme der Fassaden, Baumstämme und Unterseiten der Äste war der Landstrich jetzt weiss eingefärbt.

Ich schloss die Tür, ging zurück und setzte mich

hin. Die Winterastern vibrierten ein wenig, ich musste an den Tisch gestossen sein.

«Bindschädler, wir sind auch in Venedig gewesen, anfangs November letzten Jahres. Ennet dem Gotthard fiel die Sonne gelegentlich in Täler ein, was die Kastanienbäume aufleuchten machte, die Lärchen und Birken, wobei die Matten mit Reif patiniert waren, der dann zu funkeln begann.

Auf dem Bahnhof Mailand trank man einen Kaffee, ass ein Schinkenbrot, schaute sich die Halle an, verglich sie mit jener des Gare de l'Est und sog den Duft der Welt ein, der sich trotzdem festgesetzt hatte.

Dann fuhr man in Richtung Venedig.

Durch die Ebene begleitete einen Verdi, in schwarzer Pelerine natürlich. Aus diesem oder jenem Baum schrie ein Mann nach einer Frau, was mit Fellini zu tun hatte. Ein Holzschuhbaum und noch einer und noch einer gemahnten an den Film gleichen Titels. Über die Ebene spannte sich abschnittweise Dunst, was ihr Tiefe gab. Dann war das Licht wieder da, und die Weinfelder evozierten Gesänge der Winzer.

Gegen Abend war man in Venedig.

Bindschädler, ich hatte immer gehofft, mich einmal auf seinen Gassen, Seepromenaden, Schiffen vorzufinden. Dabei schwebte mir jeweils Viscontis Venedig vor, das pastellfarbene, weisst du.

Vis-à-vis des Bahnhofs bestieg man ein Schiff, um

zum Markusplatz zu gelangen. Man stellte sich an die Reling, wo sie dann an einem vorüberzogen, die Bilder aus *Tod in Venedig*.

Vor ungefähr achtzig Jahren war Marcel Proust da, sagte man sich, und Strawinsky liegt auf der Toteninsel. Und man spürte bereits auf der ersten Fahrt durch den Canal Grande, dass Richard Wagner hieher gehörte, und dass er auch seinen Tod hier finden musste, und dass Vivaldi hier geboren wurde, und dass er, Richard Wagner und der Proust diese Kanäle befahren mussten, in Gondeln, die so etwas sind wie Totenschiffe.

Die Städtebilder troffen vor Stille, obschon sie von Scheinwerfern herausgestellt waren. Mein Architektenherz, Bindschädler, hüpfte geradezu ob dieser Stadt auf dem Meer, wo's auch Gärten gibt, Bäume und sommers die Hortensie.

Man betrat den Quai, schritt einem Hotelgarten entlang, wo Bäume drin waren und Sträucher, und langte an bei den zwei Säulen, deren eine den Löwen mit den Flügeln trägt.

Über dem Markusplatz hingen Sterne, während das Wasser klatschend mit den Gondeln spielte, die hinten seltsame Flügel haben und zwischen Pfählen vor Anker liegen», sagte Baur. Er drehte sich ab.

Ich döste vor mich hin, mit Blick auf die Eiche im Schnee.

Eichen erschienen bei Friedrich immer wieder als Begleiter von Gräbern, als Totenbäume, als Wäch-

ter einer grossen Vergangenheit. Und häufig herrsche Winter oder Spätherbst auf diesen Bildern.
«Man bemühte sich, kreuz und quer durch Gässchen schreitend, um eine Unterkunft, die man endlich fand. Dann ging man zum Essen. Es gab immer noch viele Touristen. Bei einem Glas Wein halluzinierte man Petruschka-Klänge, die einen in Weiten entführten, wo ein Mond darüber hing, ganz zu schweigen von den Wölfen, die ihn anheulten. Man verliess das Lokal, flanierte herum, roch den Putz, die Farbe, liess sich aber auch die Vorhänge nicht entgehen, die Leuchter und Decken, jene der oberen Stockwerke, die zumeist erleuchtet und von Leuten bewohnt waren, durch deren Gehirnwälder sicherlich ein Hauch Proustscher Prosa weht.
Ungefähr um Mitternacht wollte man zurück, war aber im Labyrinth der Gassen. Man überquerte Plätze, Kanäle, wieder Plätze, erging sich in Gässchen und kam endlich an.
Im Esszimmer fand man am Morgen ein Möbel vor, das geschwungene Formen aufwies, eingelegte Hölzer, Messingverzierungen und Aufbauten aus Glas. Zuoberst thronte ein Segelschiff.
Erneut durchquerte man die Stadt, auf Paläste stossend, Kirchen, Plätze und Brücken; fuhr per Schiff nach der Insel, wo's nur Gräber gibt, Kirchen, Mausoleen, Blumen, Sträucher und Bäume, vor allem Zypressen natürlich. Dort fragte man nach

Igor Strawinsky, dabei erfahrend, dass in der Nähe gleich auch Ezra Pound zu finden sei. Aus offenem Himmel fiel ein Licht, das, je nachdem wo es auftraf, heroische, verhaltene oder gar wehmütige Klänge auslöste.

Bindschädler, Ezra Pound hätte ich nie hier gewähnt. Er hat ein Gedicht gemacht von den Knospen im Wald. Immer wenn es Frühling ward, wollte ich es wieder lesen. Und er hat auch eine Verszeile *geschmiedet* über einen nassen, schwarzen Ast mit Blütenblättern darauf, und hat eine Zeitlang in einem Käfig aus Eisenstäben gesteckt auf einem Platz in Pisa.

Katharina stand übrigens als erste vor der Platte, beschriftet mit *Ezra Pound.* Das Grab ist quadratisch, bewachsen von niederem Gestrüpp, überdacht von Pinien, glaube ich. Katharina, unser Sohn und ich sind eine Weile stillgestanden, wobei ich Ezra Pounds Leben resümierte, soweit es mir bekannt war, dabei gewahrend, dass das meine mit hineingeriet.

Man wandte sich ab vom Grabe Ezra Pounds, im Wissen, dass man nicht wiederkehren werde.

Katharina war auch als erste am Grab Strawinskys, das man übrigens nicht ansprechend fand. Man stellte sich an ein Tor, das den Blick freigab aufs Meer, strich ein Stück weit der Mauer entlang, stiess dabei auf das Grab einer Tänzerin (ein Ballettschuh und eine Rose lagen darauf) und begab sich hernach auf das allgemeine Gräberfeld, das eine grosse Ausdehnung hat und umschlossen wird von einer Backsteinmauer, an welcher da und dort Zypressen stehn.

Auf dem Meer spielte das Novemberlicht, in Variationen gleichsam, was einen an Chopins *Berceuse* denken liess, an jenes Stück also, das an Erik Saties *Trois Gymnopédies* gemahnt.

Man verliess San Michele, um nach Murano zu gelangen, wo Gläser hergestellt werden. Ein Ruch von Arbeitswelt liegt über der Insel. Vasen werden hergestellt, Früchteschalen, Weingläser, Karaffen und Kristalleuchter kunstgewerblicher Art, auch Souvenirs, die in Japan, Amerika, Germanien auf Kommoden zu stehen kommen und einen Klang aufweisen, den anzuschlagen ich das Vergnügen hatte auf dem Klavier der Wirtstochter vom Pfauen.

An zwei, drei Simsen versuchte ich hochzukommen, um in die Welt der Glasbläser hineinzuschauen. Man achtete auf die Schaukästen, die überall angebracht waren; flanierte durch Läden, die ausschliesslich Murano-Gläser anbieten, und hielt den Zwieklang aus, der einen schmerzlich beglückte.

Es war früher Nachmittag. Man betrat ein Restaurant, wo die Glasbläser vermutlich zu Mittag essen», sagte Baur und drehte sich ab.

Ich ging im Zimmer hin und her, machte ein paar Schritte auf den Absätzen, dann ein paar auf den

Schuhspitzen, den äusseren Sohlenkanten, den inneren Sohlenkanten, blieb an der Balkontür stehn und schaute hinaus.

«Ich dachte», sagte Baur, nachdem er sich wieder auf den Rücken gedreht hatte, «während des Essens an die Leute, welche über Mittag das Restaurant dominiert haben mussten. Ich versuchte, mir einen der Glasbläser vorzustellen, geprägt von venezianischem Licht natürlich, von Schönheit auf schwankem Grunde», sagte Baur, lächelnd. «Ich simulierte Gestimmtheiten, die er beim Glasblasen haben müsste, die er also heimtrüge, durch ein Venedig hin, das den Touristen gehört, die aus aller Welt daherkommen, um einer nachzuspüren, die am Absinken ist. Dann sah ich ihn zu Hause am Fenster stehn, aufs Meer hinausschauend, wo gerade die Sonne unterging, als feurige Kugel eben», sagte Baur, mit dem Daumen der rechten Hand über das rechte und mit dem Zeigefinger über das linke Auge streichend, gleichzeitig und von aussen nach innen.

«Nach dem Essen flanierten Katharina, unser Sohn und ich dem Backsteingemäuer der Fabriken entlang, überholten ein Kind, zwei Alte, drei Ausgeflippte, gelangten zum Steg und betraten das Boot, das uns auf verschlungenen Wegen hinüberbrachte zum Lido, während die Sonne am Sinken war.

Angekommen, schickte man sich an, den venezianischen Abend fotografisch festzuhalten, überquerte den Lido di Venezia, gelangte ans offene Meer, wo vermutlich Visconti einen guten Teil seines *Todes in Venedig* gedreht hatte, mit dem Adagietto aus der Fünften Sinfonie Gustav Mahlers als immer wiederkehrender Musik. Man hatte die Pastellbilder vor Augen, den Gustav Aschenbach, ging mit ihm durch das pestverseuchte Venedig, wandte sich dann den Prunkbauten zu, die in Viscontis Film vorkommen mussten, und sagte sich, dass es aus sei mit der Glasbläserei, dass das venezianische Licht, das venezianische Wasser, das im Sommer ja stinken müsse, die Schönheit auf schwankem Grunde den Venezianern überlassen bleibe, dass aber in den dunklen Räumen weiterhin Souvenirs geblasen würden, Weingläser, Schalen und Lüster», sagte Baur, lächelte und schaute auf die Eiche im Schnee.
Ich zog ihm die Bettdecke zurecht, bekam die *Christi-Verklärungs-Kirche* vor Augen, als Hinterglasbild sozusagen, dessen Oberfläche sich bewegte wie das Eis in Robert Walsers Ballade vom Schneien, hatte dabei das Ausschwingen von Schostakowitschs Vierter in den Ohren, das, nach Baur, etwas vom Bewegendsten sei in der Musikgeschichte, soweit man diese überblicke, wobei Musikgeschichte weniger überblickt, als vielmehr überhört werde.

«Wir sind danach», sagte Baur, wieder mir zugekehrt, «am Sandstrand auf und ab gegangen, wo dieser Aschenbach gesessen haben musste, unter den Klängen des Adagiettos; haben der Brandung zugehört, den Himmel betrachtet, aber auch die leblos daliegenden Hotels nicht ausser acht gelassen und die Abschrankungen dazwischen und die Pinien, um dann wieder aufs Meer zu schauen, wo jederzeit ein fellinisches Ungeheuer hätte auftauchen können.
Etwas müde begab man sich auf den Rückweg, betrat am Ende der Platanenallee eine Gaststätte, trank einen Cognac, strebte danach zum Bootssteg, wobei der Himmel jetzt erloschen war. Venedig hatte seine Lichter aufgesetzt, die sich im Meer vielfältig widerspiegelten.
Man sah im Geist den Dampfer Richtung Venedig fahren, mit dem Aschenbach an Deck, der hier komponieren, aber immer wieder der Faszination eines Jünglings erliegen sollte, in einer Stadt, durch welche die Pest zu ziehen geruhte, trotz der Feuer, die ihretwegen auf Plätzen und Gassen unterhalten wurden.
Drüben angekommen, streunte man durch das nächtliche Venedig, ergötzte sich wiederum an dessen Fassaden, beleuchtet von Laternen und Scheinwerfern, überstieg Brücken und Stege, liess die Finger über Staketenzäune gleiten, Klopflaute erzeugend, sog die Luft ein, während man zu den

Sternen aufschaute; wiederholte sich, dass es verspielt sei, das Leben als venezianischer Glasbläser, und fasste die Zimmerdecken ins Auge, jene der oberen Geschosse eben, wo venezianische Lüster hingen, die ihr Licht zum Teil auch an die Nacht abgaben. Ich malte mir aus, wie Venezianerinnen durch diese Räume wallten, *Eine Liebe von Swann* mit sich tragend», sagte Baur. Er schob die Hände unter den Kopf, schaute zur Decke, dann nach den Winterastern.

Mich fröstelte.

«Bindschädler, wir haben uns natürlich auch die Markuskirche angeschaut. Der Platz davor war gerade überschwemmt; man musste über Laufstege zu ihr hingelangen. So hatte ich mir russische Kirchen vorgestellt. Ich strich mit den Fingerspitzen über die Goldmosaiken, sog den Weihrauch ein und achtete auf die Deckengemälde. Man stieg auch zu den vier berühmten Pferden hoch, die jetzt magaziniert sind, und wo gerade ausprobiert wurde, welchen farblichen Hintergrund man ihnen geben könnte; begab sich auf die Zinnen, wo die nachgegossenen Pferde stehn, schaute über den Platz, das Meer und die Inseln.

Auch auf den Campanile haben wir uns hochfahren lassen, des Rundblicks wegen.

Danach suchte man den Quai auf, dachte daran, dass hier einmal Kaiser Franz Joseph angekommen sei, zu einem Staatsbesuch, und dass auch Napo-

leon seine Füsse da aufgesetzt habe, von Goethe ganz zu schweigen, dass Vivaldi hier geboren und dass die Stadt so etwas wie seine Musik sei, die sich widerspiegle im Meer.
Auf der Seepromenade schritt man stadtauswärts. Schiffe lagen vor Anker und Gondeln. In einem Café stiess man auf Japaner, trank einen Kaffee und überliess sich dem Licht, das in Lilatönen hereinströmte.
‹Fürst Bolkonskij möchte man hier einmal um sich haben und die Natascha, und möchte von der Schlacht bei Borodino vernehmen und von Kutusow, der französische Romane mochte und seine Landwehrmänner›, sagte ich zu Katharina und dem Sohn, während Licht hereinströmte, lila eingefärbt eben», sagte Baur, zog die Hände unter dem Kopf hervor, steckte den linken Arm unter die Decke, strich diese mit der rechten Hand glatt, schloss die Augen und atmete einmal tief.
Ich bekam den Kutusow zu Gesicht, in der Galauniform, wie er auf dem Bild dargestellt ist, das im Ess-Saal der Militärakademie zu Moskau hängt, wo Kadetten ein- und ausgehn, die sich kaum unterscheiden von jenen der Zaren.
«Wieder auf der Promenade, fotografierte man nach hinten, nach vorne, nach drüben, posierte abwechslungsweise vor der Kamera, gelangte zu guter Letzt in den Park, wo's die Büsten des Richard Wagner und des Giuseppe Verdi gibt, die

aufs Meer hinausschauen, wo sich ihre Blicke überschneiden müssen.
Da war nun also die Büste des Mannes, der die Oper *Rigoletto* geschaffen, welche Direktor Wanner als Untermalung des Stummfilms *Sacco und Vanzetti* gedient hatte. Ich dachte aber auch an seinen *Chor der Gefangenen,* während ich bereits Wagner anvisierte, der ein Leben lang hinter der Erlösung her war. Worauf dessen Faust-Ouvertüre zu erklingen begann, begleitet von Verdis *Chor der Gefangenen,* Strawinskys *Petruschka,* Vivaldis *Winter* und überstrahlt von Mahlers *Adagietto.*
Auf einer Bank sass ein Clochard. Er fütterte Katzen. Es lag viel Herbstlaub herum. Das Licht hatte sein Lila verloren», sagte Baur.
Ich dachte an Charles Yves' *Three Places in New England,* besonders an den dritten Satz, zu dem der Komponist bemerkte, er sei inspiriert von einem Sonntagmorgenspaziergang in der Nähe von Stockbridge, den er zusammen mit seiner Frau im Sommer nach der Hochzeit unternommen habe. Sie seien über Wiesen am Fluss entlang gegangen und hätten von fern Kirchengesang herüberklingen gehört. Der Morgennebel habe sich noch nicht ganz aufgelöst gehabt, und die Farben, das fliessende Wasser, das Ufer und die Bäume seien verschmolzen zu einem unvergesslichen Eindruck.

Nachdem die Nachtschwester, die Baur und mich aus dem Schlaf aufgeschreckt hatte, draussen war, verliess ich den Sessel, verwarf die Hände und Füsse, liess den Kopf linksherum rollen, dann rechtsherum, ging auf und ab, blieb an der Balkontür stehn, schaute den Schneeflocken zu und sagte mir, dass im 16. Jahrhundert die Schmetterlinge für Dämonen und Hexen gehalten worden seien, und dass man geglaubt habe, gewisse Menschen könnten sich in Schmetterlinge verwandeln, wenn sie nur gewillt seien, dereinst als solche weiterzuexistieren. Noch älter sei die Auffassung, die Seele des Menschen entweiche im Schlaf dem offenen Munde und flaniere als Falter herum. Bei Aristoteles zum Beispiel bedeute Psyche soviel wie Seele oder Schmetterling.
Ich setzte mich hin. Baur hatte mittlerweile das Kopfende etwas angehoben. Er schaute zur Eiche im Schnee mit dem Tümpel davor. «Apropos Eiche», sagte Baur, lächelnd, «wir hatten einer Laienpredigt beigewohnt, an einem Kirchensonntag, der jeweils auf den ersten Sonntag im Februar fällt. Es ging ums Waldsterben, um die Gefährdung der Umwelt schlechthin. Während Jahre zuvor eine hiesige Bäuerin und dann ein sozialdemokratischer Grossrat als Laienprediger fungiert hatten, war diesmal der freisinnige Grossrat und Präsident der Musikgesellschaft an der Reihe. Die Blechmusikanten waren natürlich zugegen. Der

Referent wies darauf hin, dass sie vor vierzig Jahren einen Dirigenten gehabt hätten, der ein Lied auf die Eiche geschrieben habe, und zwar nicht auf eine x-beliebige, sondern auf die dreihundertjährige Eiche vom Walenboden, einer Waldung von Amrain.»
Baur zog die rechte Hand unter dem Kopf hervor und strich sich zwei-, dreimal über die Stirn.
Ich dachte daran, dass bei Friedrich die Eiche immer wieder als Totenbaum, als Wächter einer grossen Vergangenheit erscheine. «Bindschädler, besagter Dirigent und Komponist hatte übrigens an der Biegung des Weges gewohnt, dort wo's den Kirschgarten gab, der Blütenblätter über Lina hinstreute, als man sie zum Friedhof brachte, die Frau Philipps eben, der später seine Stimme verlor — und nach dessen Abdankung man eine schwarze Wolke aus dem Kamin des Krematoriums hochsteigen sah. Dann noch eine. Und noch eine. Wobei die letzte von drei Möwen durchstossen wurde», sagte Baur. Er drehte sich ab und zog die Decke über die linke Schulter.
Ich entsann mich Eldenas, der Klosterruine bei Greifswald, die Friedrich in etlichen Versionen dargestellt habe, und erinnerte mich, dass man im achtzehnten Jahrhundert begann, künstliche Ruinen zu schaffen, in den Gärten zumindest.
«Und so hörte man sich das Lied der Eiche an», sagte Baur, wieder mir zugewandt, «das Lied auf

die dreihundertjährige Eiche vom Walenboden eben, über die frühjahrs Blütenstaubwolken dahinzogen, auf die Jakob der Korber und Imker immer achtgegeben hatte. Und man glaubte, die Knospen spriessen zu sehn, den Sommerwind durch die Krone streichen zu hören, ganz zu schweigen von den Stürmen, die gelegentlich anhoben, um über den Walenboden zu brausen. Auf dem Glasfenster dahinter schritt Jesus segnend über die Wolken. Man fröstelte, wenn die Eiche die Blätter liess; fror, wenn sich Rauhreif einstellte oder Schnee, der, wenn er zu schmelzen begann, nach frischer Wäsche roch, was einen an Base Elise gemahnte, die zur Zeit der Schneeschmelze beerdigt wurde, und zwar auf jenem Friedhof, wo sich auch Paul Klee befindet, auf dessen Tafel geschrieben steht: ‹Diesseitig bin ich gar nicht fassbar, denn ich wohne grad so gut bei den Toten, wie bei den Ungeborenen, etwas näher der Schöpfung als üblich und noch lange nicht nahe genug.› Es handelt sich hierbei übrigens um den Friedhof Schosshalde zu Bern», sagte Baur und schaute in die Leere. «Der freisinnige Grossrat und Präsident der Musikgesellschaft erwähnte auch noch, dass aus dem Stamm gerade dieser Eiche das Bildwerk gefertigt worden sei für das Grab der Einsamen des Friedhofs von Amrain», sagte Baur.
Ich schaute zur Eiche im Schnee mit dem Tümpel davor, während ich Blechmusik zu hören ver-

meinte, wobei mich dünkte, auch Baur hänge einer Melodie für Blechbläser nach, indes die Winterastern Licht zu verströmen beliebten, wenn auch nicht in dem Masse eben, wie Odettes Chrysanthemen es taten, wenn Swann bei ihr weilte und es vor den Fenstern zu schneien begann.

«Katharina und ich», sagte Baur, «haben uns dann nach der Laienpredigt noch etwas unterhalten, und zwar mit der Tochter jenes Sekundarlehrers, der einem seinerzeit Tolstois *Wieviel Erde braucht der Mensch?* vorgelesen hatte. Sie erwähnte, sie habe kürzlich alte Fotografien von Amrain erhalten, die sie uns zeigen möchte, wenn wir Lust dazu hätten.

Bindschädler, so hat uns das Lied von der Eiche auch das alte Amrain eingebracht. Und als wir nach Hause gingen, schienen die Sterne, und Ostwind blies einem durch die Kleider.

Es gab übrigens ein Foto vom Amrainer Bahnhof mit dem Platz, auf dem die Turner jeweils die Marsch- und Freiübungen zu üben pflegten, wenn ein Fest bevorstand. Ein Bahnbeamter stand unter der Tür des Stellwerks. Auch das hölzerne Aborthäuschen war abgebildet und der Kastanienbaum, der sich zwischen ihm und dem Bahnhofgebäude befand. Diese Kastanie hatte ich vergessen gehabt. Den Kastanienbaum an der Westseite gibt's heute noch. Auch die Bäume, welche dem Trassee der Lokalbahn entlang gestanden hatten, waren vorhanden, deren unterste Äste jeweils die Wagen liebkosten, wenn sie ein- oder ausfuhren, bei Wind auch im Stehen. Und wie du weisst, stand ein Brunnen unter diesen Kastanien, einer aus Gusseisen, reich verziert und ein rundes Becken aufweisend. Diesem Brunnen hatte man das Wasser mittels eines Pedals zu entlocken. Später wurde er zu einem laufenden Brunnen umgebaut, dessen Strahl bei heftigem Wind häufig über den Beckenrand hinauszureichen vermochte. Dort hat sich, wie gesagt, Philipp mit einer Tochter aus Amrain geliebt, in einem Wagen der Lokalbahn eben, abgestellt unter Kastanienbäumen, während die Blätter der Kastanien das Licht der Kandelaber gleichsam in Bewegung gehalten, Lichtreflexe die Brüste des Mädchens zeitweilig liebkost hätten, Brüste, die vermodert sind, mittlerweile, auf dem Friedhof zu Amrain, wie gesagt, wo's heute das Grab der Einsamen gibt, markiert durch ein eichenes Bildwerk. — Auch das Geleise war ersichtlich auf dem Foto, die Alp und ein Teil vom Roggen. Rechts unten wies das Bild einen orangenen Fleck auf; ein weiterer befand sich auf der Westfassade und ein dritter über der Giebelspitze. Links neben dem Eingang zum Wartsaal war der Ständer mit den Signalglocken abgebildet. Von ihm ging jeweils ein Geläute aus, wenn ein Zug betont feierlich das Dorf verliess (seinen Lauf beschleunigend) oder ihm entgegenfuhr», sagte Baur.

Er strich die Bettdecke glatt, schob dann die Hände unter den Kopf und schaute zur Eiche.
«Auf einem andern Foto war das rote Hotel abgebildet, mit dem angebauten Fleischerladen und dem Hauptsitz des Konsumvereins, wo Osterwalder residierte, der Mann auf dem Turnerfoto. Das rote Hotel war lange Zeit Sitz der Blechmusik. Dort musste das Lied von der Eiche einstudiert worden sein, das Lied auf den stattlichsten Baum der Amrainer Gemarkung. Der Eingang zur Gaststube war ersichtlich, auch der Brunnen, der vis-à-vis unter dem Quittenbaum stand, der Birnbaum und ein Stück Gartenzaun. Dazwischen lag der Platz, wo die Turner von Inkwil am Fasnachtsonntag ihre Neger-, Indianer- und Zigeunertänze aufgeführt hatten, unter dem numerischen Singsang des langen Oberturners, während die Gaststubentür offen stand und sich das elektrische Klavier einmischte in den Singsang des langen Inkwilers.
Ich staunte über die vielen Bäume, die auf dem Foto waren, und über die zwei Gesimse, welche die Fassaden des roten Hotels unterteilten und die ich vergessen hatte, über die Ecksteinverzierungen, die Balkone (den grossen und den kleinen), den Baum, der durch den grossen Balkon hindurchgewachsen war.
Bindschädler, so hat man alles in allem einige Bäume gekannt, einige Steine, Leute, Häuser, Pferde und Hunde. Und immer wieder gab's den

Holunder-, Flieder- und Glyzinienblust, dessen Düfte die Liegenschaften zum Abheben animierten. Und auch der Buchsbaum duftete, der Phlox und die Matte, besonders wenn das Gras frisch gemäht war, die Matte des Eierhändlers, von dem ich Eierkisten kaufte, um daraus Kaninchenställe zu bauen. Die Kaninchen frassen sich fett am Löwenzahn, wurden getötet, an den Läufen aufgehängt, gehäutet und aufgeschlitzt, um die Därme erleichtert, um den Magen, die Leber, Nieren, Lunge, das Herz und die Augen, zugunsten der Katze, häufig; woraufhin Kopf und Beine vom Leib getrennt, Brustkorb und Rücken zerkleinert wurden.
Und wenn man die gebratenen Stücke ass, Bindschädler, bekam man wiederum das Kaninchen vor Augen, das Löwenzahn frass, das Männchen machte oder die Jungen ausführte, und man fand sich am Gehege vor, die Finger im Drahtgeflecht», sagte Baur.

Ich erwachte, legte die Decke zur Seite, die mir die Nachtschwester gebracht hatte, knöpfte den Mantel zu, schlich zur Balkontür, öffnete diese so behutsam wie möglich, betrat den Balkon, überzeugte mich, dass Baur weiterschlief, schloss die Balkontür, wischte die dünne Schneeschicht vom Geländer und stützte mich auf. Es schneite immer noch, in grossen Flocken wie zuvor.

Ich entsann mich, dass Baur in der Industriestrasse gesagt hatte, er glaube, die Stille sei es auch nicht, eben das A und das O; er glaube, die Liebe sei's. Die Liebe sei mehr als die Poesie, die Bewegung, die Stille. Später sagte er, es werde auch die Liebe nicht das Letzte sein: Gott sei's, Gott, der alles in allem sei: Poesie, Bewegung, Stille, Liebe; und er throne vermutlich in einer Geisterstadt, deren Häuser dem kleinen Haus an der Ulica Dabrowiecka gleiche, das eine Sammlung von ungefähr siebentausend Bildwerken umfasse, von denen ich, Bindschädler, gesprochen hätte. Und ich gedachte der Grillen, die mich auf dem Rundgang in Olten immer wieder beschäftigt hatten, die musizierten, indem sie die Zähnchenleisten des einen Flügels gegen die Kante des anderen strichen.
Auch das Feld voller Bestandteile wurde gegenwärtig, das sich Baur in das Feld voller Gebeine verwandelt hatte, das als Bild an der Westwand seiner Seele hänge; nahm die Spiegelung der *Christi-Verklärungs-Kirche* wahr, auf die Natascha geschaut hatte, als sie sich gelobte, wiederzukehren, wenn die Strandlilien blühen würden; um dann gleichsam erschrocken festzustellen, dass man in Wirklichkeit Eschen vor sich hatte, auf deren Ästen Schnee lag, was sie duftig machte und mich an Baurs Gardinen gemahnte, durch die ich auf die grosse Matte des Eierhändlers geschaut hatte, als er mir erzählte vom Soldatentreffen.

Ich schaute zur Lampe hinüber, ging hin und her, eine Spur tretend, stellte mich ans Geländer, umfasste dieses, sog die Luft ein, wie es Hunde tun, wenn es Frühling ist und Abend und die Wildbahn offensteht.

Von der Autobahn her waren die ersten Lastwagen zu hören und vom Bahntrassee die Frühzüge.

Ich fühlte mich müde, etwas verstimmt auch.

Dabei hatte ich es gut getroffen, denn es war nicht anzunehmen gewesen, dass Baur jemals noch ein solches Aufflackern erleben würde; wobei vermutlich das Morphium dazu beigetragen hatte, wirke es doch euphorisierend; starke Dosen könnten sogar Halluzinationen hervorrufen.

Ich schaute den Flocken zu.

Als Katharina und er, Baur, sich vermählt hätten, habe es auch in grossen Flocken geschneit. Die Buchsbäume seien besonders grün gewesen. Die Hochzeitsgesellschaft habe aus insgesamt vier Personen bestanden. Sie hätten in Bern das Hochzeitsessen gehabt, Katharina und er allein, und zwar bei Gfeller-Rindlisbacher. Sie hätten ein Gericht aus Zichoriengemüse bestellt, das sie eigentlich nicht gemocht hätten, aber es habe ihnen dennoch geschmeckt. Sie hätten danach in einem Aluminiumtopf Pastetenfüllung mitgenommen, zu Katharinas Schwester und Schwager, die als Trauzeugen zu fungieren gehabt hätten. In der Kirche zu Worb habe dann gegen Abend die Trauung stattgefunden. In der Kirche sei eine Klivie gestanden, die natürlich geblüht habe. Und die Buchsbäume um die Kirche herum seien auch nach der Trauung immer noch sehr grün gewesen, und auch geschneit habe es noch, in grossen Flocken. Der Trautext habe vom Senfkorn gehandelt, dem kleinsten Samenkorn, das dann, im Orient zumindest, zum Baum werden könne, in dem die Vögel nisten und in dessen Schatten sich die Leute begeben könnten. Katharina und er hätten sich eigentlich gefreut über diesen Text und hätten sich vorgenommen, ein gastliches Leben zu führen, soweit es zu schaffen sei. Immer am Hochzeitstag, wenn es sich habe einrichten lassen, seien Katharina und er nach Bern gefahren und hätten im Gfeller zu Mittag gegessen, eingedenk des Zichorienmahls. Einmal seien sie an einem dieser Jubeltage sogar nach Worb zur Predigt gegangen. Der Pfarrer habe erwähnt, dass sich ein Paar in der Kirche befinde, das vor fünfundzwanzig Jahren sich hier habe trauen lassen. Katharina habe ja beim Sigristen anfragen müssen, wann eben die Predigt stattfinde, und habe dann noch gerade den Grund der Anfrage erwähnt. So sei aus diesem Jubiläum beinahe eine öffentliche Angelegenheit geworden, was ihnen gar nicht recht gewesen sei. Und also geschneit habe es, in grossen Flocken, Faltern gleich. Und unweit vom Gfeller befinde sich das Fédéral, welches Robert Walser gerne aufgesucht habe in seiner Berner Zeit.

Ich öffnete die Balkontür, behutsam wiederum, schloss sie ebenso, ging zum Sessel, bettete mich ein und schaute in die Leere.

Robert Walser habe auf einer Wanderung zu Carl Seelig bemerkt, wenn er nochmals von vorn beginnen könnte, würde er sich bemühen, das Subjektive auszuschalten und so zu schreiben, dass es dem Volk wohltäte. Er habe sich zu sehr emanzipiert. Man dürfe um das Volk keinen Bogen schlagen. Als Beispiel würde ihm die entsetzliche Schönheit des *Grünen Heinrich* vor den Augen stehen.

Marcel Proust hingegen hat geschrieben, obwohl man mit Recht behaupte, dass es in der Kunst keinen Fortschritt gebe, und dass jeder Künstler ganz für sich und aus einem ganz individuellen Impuls heraus von vorn anfangen müsse, ohne dass die Bemühungen der andern ihm helfen noch ihn hemmen könnten, müsse man doch zugeben, dass in dem Masse, wie die Kunst gewisse Gesetze zur Geltung bringe, die ältere Kunst rückblickend etwas von ihrer Originalität verliere. Es komme auf die erstmalige neue Schau einer an sich bekannten Sache an, auf eine Ansicht, die sich von den gewohnten unterscheide, eigenartig und neu, aber dennoch wahr und gerade deshalb doppelt ergreifend sei, weil sie uns in Staunen versetze, aus unserem alten Geleise werfe und uns gleichzeitig in uns selbst an einen erinnerten Eindruck gemahne.

Baur drehte sich auf die rechte Seite, schlief aber weiter.

Und so etwas wie entsetzliche Schönheit sei ihm jeweils am Blumenmarkt auf dem Bärenplatz begegnet, an dem eben das alkoholfreie Restaurant Gfeller liege und auch das Fédéral. Dort habe er Winterastern angetroffen, Winterastern in allen Spielarten, auch die edlere Chrysantheme, die Swanns Odette aufgestellt gehabt habe, in Vasen, und die den Salon quasi erleuchtet, mit ihren Farbtönen durchsetzt hätten, während draussen Schnee gefallen sei, in grossen Flocken. Es gebe auch eine entsetzliche Schönheit der Dahlien, der Herbstzeitlosen, Hortensien, Märzenglöckchen, Vergissmeinnicht, der grossblütigen, jener im Apfelgarten des Eierhändlers eben, die eine Täuschung gewesen sein müssten, denn er habe später nie grossblütige Vergissmeinnicht angetroffen.

Und sie hätten sich, Katharina und Baur, übrigens auf einer Jurawanderung kennengelernt, an einem Wochenende im Sommer. Er, Baur, sei eingeladen gewesen von zwei Amrainer Mädchen, wobei eines davon den Vater und den Bruder mitgebracht habe. Man sei am Abend mit dem Zug nach Solothurn gefahren. Auf der Station der Nachbargemeinde seien dann weitere Geladene zugestiegen: ein Mädchen mit seinen drei Brüdern, welche er zuvor noch nie gesehen habe. Und schon im Zug habe sich so etwas wie *Liebe auf den ersten Blick* eingestellt, zu dem Mädchen mit den drei Brüdern eben. Und man sei auf den Weissenstein gewandert und habe dort übernachtet, unter freiem Himmel übrigens, um dann den Sonnenaufgang zu beobachten. An jener Stelle, wo sie übernachtet hätten, befinde sich heute eine Kapelle, eine grausige freilich und natürlich nicht ihretwegen. Sie seien nach vierzig Jahren dann wieder einmal dort oben gewesen. Und der Wind habe vom Tal herauf geblasen, recht kühl eigentlich, so dass man sich die Mäntel habe umschlagen und sich eng aneinander habe schmiegen müssen, während ihr Begleiter sie dann fotografiert habe, wobei das Frösteln festgehalten worden sei auf dem Berg ihrer Liebe. Und tief unten habe sich das Mittelland ausgebreitet. Und man sei danach auf dem Weissenstein herumspaziert. Und es habe einem gar nicht mehr so gefallen. Der Jura habe ja seine schönen Seiten, wenn man so wolle, aber eben, er könne auch sehr abweisend sein, zurückhaltend zumindest, wenn nicht feindlich, wobei natürlich das Wetter mitspiele.

Bald nach jenem Hochzeitsmahl im alkoholfreien Restaurant Gfeller am Bärenplatz zu Bern sei der Zweite Weltkrieg ausgebrochen. Man habe die grossen Wanderungen mitzumachen gehabt, Nachtmärsche, die einen einzuüben gehabt hätten in die Strapazen des Soldatenlebens. Und auf den herbstlichen Nachtmärschen seien dann die Stern-

schnuppen gefallen und jeweils erloschen, bevor einem ein Wunsch eingefallen sei. Träumend, zeitweise wirklich schlafend, sei man da mitmarschiert, gelegentlich über ein Bord hinunter kollernd. Auf solchen Nachtmärschen habe er etwa an den Sternenhimmel über dem Zirkus Wanner gedacht, wo er *Sacco und Vanzetti* gesehen habe. Auch an die Nacht auf dem Weissenstein habe er sich erinnert, wo Katharina und er sich kennengelernt hätten, und wo man fröstelnd den Sonnenaufgang erwartet habe, an den er sich aber eigentlich nicht mehr erinnern könne. Seit damals hätten Katharina und er sich nie mehr getrennt, zumindest nicht freiwillig. Grenzbesetzung und Krankheit hätten sie oft und lange auseinandergerissen. Man habe sich dann Briefe geschrieben und habe diese später, um Ordnung zu schaffen, hinten im Obstgarten, dort wo die Märzenglöckchen sich befänden, verbrannt, was einen im nachhinein ein wenig gereut habe. Übrigens bestünden auch keine Hochzeitsfotos. Katharina und ihre Schwester hätten freilich Aufnahmen gemacht, aber der Apparat sei falsch eingestellt gewesen, so dass man also durchs Leben gegangen sei, ohne dieses ominöse Fotoalbum in irgend einem Kasten liegen zu haben.
Katzen hätten sie auch gehabt. Es sei vorgekommen, dass sie in der Scheune wild aufgewachsen seien. Einmal habe man einen dieser Wildlinge dem Amrainer Katzenjäger versprochen. Der

Wildling sei dann aber nicht einzufangen gewesen, was den Katzenjäger wütend gemacht habe, worauf er, Baur, auf den entsetzlichen Einfall gekommen sei, diesem Mann das Muttertier auszuliefern. Er, Baur, habe Trineli in eine Kaninchenkiste getan, deren Deckel mit Löchern versehen gewesen sei, durch welche Trineli sozusagen in regelmässigen Abständen eine Pfote herausgestreckt habe. Der Amrainer Katzenjäger sei mit der Kiste abmarschiert, worauf Trineli sich nicht mehr bemerkbar gemacht habe, hatte Baur gesagt.
Ich legte die Decke beiseite, ging auf und ab, betrat dann den Balkon, atmete tief und sagte mir, dass die Nacht nun bald überstanden sei.

«Mir hat geträumt, ich sei auf dem Tempelberg, und ringsum blühten Winterastern», sagte Baur, lächelte und entliess die Luft gleichsam zischend.
Ich hatte mich soeben auf dem Kiesweg befunden, der zwischen Doktorhaus und Drogerie und unter einem Kastanienbaum hindurch zur Schlächterei führte, in deren Dachwohnung der Mann gewohnt habe, der Techniker und später Direktor der Lokomotiv- und Maschinenfabrik Winterthur geworden sei, jener Fabrik also, aus welcher die Lokomotive vor den SBB-Werkstätten in Olten stammt.
«Bindschädler, wir sind in Israel gewesen. Es

waren auch Leute aus Amrain mit dabei. In Kloten bestieg man ein Grossraumflugzeug, eines jener Dinger, die eigentlich auseinanderbrechen müssten, wenn sie überhaupt hochkommen sollten. Während des Fluges las ich Zeitungsartikel, die ich mir eigens zu diesem Zweck vorbehalten hatte, schaute zwei-, dreimal auf die Erde hinunter, auch auf die Wolkenfelder, die bei Gewitter so etwas wie Turner-Bilder imitieren, grossformatige natürlich, dachte über der Ägäis daran, dass wir dort unten beinahe gekentert seien, und atmete auf, als das Ding ausrollte auf dem Flugplatz zu Tel Aviv. Es war Nacht. Man bestieg einen Kleinbus, fuhr dem Meer entlang nach Haifa, übernachtete dort, begab sich am Morgen nach Akko, besichtigte den Hafen, die Kreuzritterburgen, ass am Meer zu Mittag, schaute dabei den Wasservögeln zu, die einem fremd waren, durchquerte am Nachmittag das Galiläische Gebirge, wobei einen Jesus begleitete, überliess sich den Tälern, Kibbuzim, Bäumen, den Wüsten- und Bergpflanzen, Schaf- und Ziegenherden, die da und dort auftauchten, und bekam den ersten Blick ab auf den See Genezareth, auf welchen die Sonne herniederbrannte.
Man passierte den Berg der Seligpreisungen, fuhr dem See entlang nach Tiberias, bezog ein Hotel auf dem Hügel, das ein Schwimmbecken auf dem Dach hatte, so dass man sich nach der Reise durch die Galiläischen Berge hoch über dem See Geneza-

reth erfrischen konnte, während es Abend wurde.
Um einen herum lag das Land offen bis hin zu den
Golanhöhen, aber auch bis zum Berg der Seligpreisungen und der Stelle, wo der Jordan in den
See Genezareth fliesst.
Man stellte fest, dass das Land, zumindest so weit
man es überschauen konnte, sozusagen unberührt
dalag; vermutlich gab's zu Jesu Zeiten einzig mehr
Bäume.
‹So muss auch Jesus den Landstrich gesehen
haben›, sagte man sich.
Nach dem Nachtessen stiegen Katharina und ich
noch einmal auf die Dachterrasse, um den Himmel
über dem See Genezareth abzubekommen. Bindschädler, ich habe noch nie so grosse, so helle und
so viele Sterne über mir gehabt!
Am Morgen schaute man zu, wie sie verblichen,
die Sterne, die Jesu Nächte erhellten.
Man suchte auch Nazareth auf, die arabische
Kleinstadt voller Autos, voller Lärm, voller Geschrei und Dreck, wenn man so will. Man flanierte
durch die Basare, schaute den Händlern zu, kam zu
einer Moschee, in die man nicht gelangen konnte,
besuchte die Verkündigungskirche, die sich an der
Stelle befinde, wo der Engel Gabriel der Maria verkündet hat: ‹Siehe, du wirst schwanger werden
und einen Sohn gebären, des Name sollst du Jesus
heissen.› Es ist eine gigantische Liegenschaft, diese
Verkündigungskirche, errichtet unter Mithilfe

von Christen aus aller Welt, 1969 fertiggestellt in einem an der italienischen Renaissance orientierten Stil», sagte Baur. Er liess das Kopfende der Matratze hinuntergleiten, schaute eine Weile in die Leere und schloss dann die Augen.
Ich ging auf und ab, blieb an der Balkontür stehn, öffnete sie und schaute in die Nacht hinaus.
Die Raupe des Schmetterlings werde vier- bis fünfmal wiedergeboren, indem sie sich häute, dabei auch den Kopf samt Kauwerkzeugen, Fühlern und Lippentastern ablege und sogar die Därme auswechsle. Und wenn sie sich schliesslich verpuppe, komme es zu einer Auflösung fast aller Organe, bis sich aus der scheinbar formlosen Materie ein anders aussehender Organismus entwickle und als Falter wiederauferstehe.
«An der Bushaltestelle», sagte Baur, nachdem er das Kopfende der Matratze angehoben und den Kopf auf die rechte Hand gelegt hatte, «schaute ich noch einmal zur Verkündigungskirche hinauf und sagte mir, dass auf jenem Fleck also Maria und Joseph gewohnt haben mussten, zusammen mit Jesus eben. In Gedanken sah ich ihn Massliebchen pflücken, wo heute eine Schutthalde ist.
Man begab sich nach Tiberias zurück, badete im See, wo mir das Schwimmen Mühe machte. Am Strand liegend schaute man hinüber nach dem Berg der Seligpreisungen. Die Luft flimmerte.
Am andern Tag fuhr man mit dem Bus den Hang

hoch, wanderte zur Kirche auf dem Berg der Seligpreisungen. Dort steht auch ein Wirtschaftsgebäude, das vermutlich einmal ein Kloster war. In der Kirche wurde gerade ein Gottesdienst abgehalten, in englisch. Auf den See Genezareth hinunterschauend, gedachte man der Bergpredigt, in welcher das Vaterunser zum ersten Mal vorkommt.
Man ass ein Brötchen, trank Wasser, hörte dem Gruppenleiter zu, im Schatten natürlich und auf den Stufen, die vom ehemaligen Kloster zur Kirche hinunterführen.
Eine Gruppe ging zur Kirche der Vermehrung, wo die Speisung der Fünftausend stattgefunden habe. Das Gotteshaus weise einen Mosaikboden auf, der eine Wasserlandschaft mit Vögeln darstelle, in persischer Manier. Direkt am See liege die kleine Peterskirche der Franziskaner über der Felsplatte, auf der Brot und Fische ausgebreitet worden seien.
Die Pfarrleute aus Amrain, Katharina und ich schlugen den Feldweg ein, den schon Jesus gegangen sein musste, und wo ihm nach der Bergpredigt viele Leute gefolgt seien, und wo er dann auch noch einen Aussätzigen geheilt habe. Man schritt den beigefarbenen Dornen entlang und blieb gelegentlich stehn, um durch die Dornen hindurch auf den See Genezareth zu schauen, auf die Hänge darum herum. Weiter unten pflügten zwei Araber. Sie hatten eine schöne Frau bei sich. Sie luden uns ein zu einer Tasse Tee. Wir hatten leider keine

Zeit. In Kapernaum angelangt, wunderte man sich, nur ein kleines Ruinenfeld vorzufinden, vor allem eine blossgelegte Synagoge, in der Jesus gepredigt habe.

Andächtig schritt man das Ruinenfeld ab, das Überbleibsel jenes Ortes, wo Jesus Wunder bewirkt habe wie nirgendwo anders.

Mit der Spitze des Mittelfingers den Linien gemeisselter Blumen, Granatäpfel und Trauben nachspürend, fand man zurück in die Zeit Jesu, beschaute sich den Mosaikfussboden nördlich der Synagoge, der sich im Haus des Petrus befunden habe.

Am Eingang von Kapernaum stand ein Kiosk, wo man sich einen Orangensaft erstand. Ein Taxichauffeur verrichtete seine Gebete Richtung Mekka, und zwar auf einem Gebetsteppich, den er dem Kofferraum entnommen hatte. Ich las in der Bergpredigt. In den Eukalyptusbäumen raschelte der Wind.

Am Landungssteg hatte man stundenlang auf das Schiff zu warten. Man ass das wenige, das man noch bei sich hatte, teilte sich ins Trinkwasser, setzte sich auf das Wurzelwerk eines der mächtigen Eukalyptusbäume oder promenierte dem Strand entlang, auf den See hinausschauend.

Man entdeckte einen Wels und liess sich sagen, dass es im See Genezareth einen Fisch gebe, der sonst nirgendwo vorkomme.

An Deck setzten Katharina und ich uns so hin, dass wir den Berg der Seligpreisungen vor uns hatten, Kapernaum, die Golanhöhen. Der Landstrich war beige eingefärbt, mit Ausnahme des Berges, wo um die Kirche herum Bäume, Sträucher und bewässerte Kulturen verschiedene Grün einbrachten. Der Berg der Seligpreisungen spiegelte sich übrigens im See, auch Kapernaum, von dem mit der Zeit nur noch die Eukalyptusbäume zu sehen waren. Ich folgte den Konturen des Geländeausschnittes, heftete den Blick auf den weissen Punkt, die Kirche des Berges der Seligpreisungen, mit dem Grün darum herum, machte den Feldweg aus, der nach Kapernaum hinunterführt, sah im Geiste Jesus dort einziehen, während die Eukalyptusbäume fächerten.
In Tiberias angekommen, ass man am Strand zu Nacht, wobei ich mich wiederum so hinsetzte, dass ich jederzeit den weissen Punkt jenseits des Sees anvisieren konnte. Vor dem Schlafengehen stiegen Katharina und ich noch einmal auf die Dachterrasse, um sozusagen Abschied zu nehmen von den grossen, hellen Sternen eben.
Anderntags ging's Richtung Süden. Der Busfahrer wies auf eine Stelle am Jordan hin, wo Johannes den Jesus getauft haben soll. In Jericho schaute man die Stadtmauern an und die Ruine des Omaijaden-Palastes.
Am Toten Meer kehrte man in Ein Gedi ein,

wobei man an das Hohelied Salomos dachte, in dem Ein Gedi eben vorkommt; suchte die Schlucht auf, wo König Saul dem David nachgestellt hatte; stapfte in Teichen herum, die von stürzenden Wassern gespeist werden; schaute in die Höhlen hinein, in deren einer David dem schlafenden Saul einen Zipfel vom Rock abgeschnitten habe; während über den Wipfeln der Bäume die Raben kreisten, zu Hunderten, eine bestimmte Art von Raben, ausgezeichnete Segler übrigens, und es aus dem Hohenlied widerhallte: ‹Kehre wieder, kehre wieder, o Sulamith!›
Als wir aus der Schlucht heruntergestiegen, flimmerte das Salzmeer, raschelte der Bambus und schrien die Raben.
Gegen Abend traf man in Sodom ein, wo's noch heute nach Schwefel stinkt; bezog das Hotel, stellte sich im Einnachten am Salzmeer auf und gedachte Sodoms und Gomorrhas. Ein Himmel spannte sich darüber, der keinem andern zu vergleichen ist, auch jenem über dem Murtensee nicht», sagte Baur. Er lächelte, drehte sich ab und schaute in die Leere.
«Übrigens sind wir auch an Qumram vorbeigekommen, Bindschädler, wo ein Hirte 1947 die *Schriftrollen vom Toten Meer* aufgefunden hat», sagte Baur, wieder mir zugekehrt.
«Am nächsten Tag fuhr man zurück zum Massada-Felsen, auf dem sich die Ruinen der Festung und

des Palastes von Herodes befinden, der die Kindlein hatte umbringen lassen, aus Angst, es könnte ein König aus ihnen hervorgehen. Man hörte, dass die Festung Massada im Jüdischen Krieg eine bedeutende Rolle gespielt habe und dass die Römer diese letzte Bastion erst 73 nach Christus nach langer Belagerung hätten einnehmen können. Die Verteidiger hätten zuvor alles Wertvolle verbrannt und darauf ihre Familien und sich selbst getötet.
Man stiess auf die Bäder des Herodes, auf den Sitzplatz, den windbestrichenen, kühlen, mit Sicht in die Wüste, wo er gesessen haben musste, während im Land herum das Wehklagen der Mütter erscholl.
Am andern Tag durchraste man die Judäische Wüste. Zur Regenzeit werden hier Strassen und Brücken weggeschwemmt. Die Berge schienen einem aus Dreck zu sein, wiesen aber grandiose Formen auf, ganz zu schweigen von den Farben. Da und dort sah man Akazien, auf deren flachen Kronen sich die Beduinen schlafen legen sollen, um einigermassen geschützt zu sein vor reissenden Tieren und Wassern.
In Elath angekommen, der Stadt, wo Salomo und die Königin von Saba sich getroffen haben, flanierte man noch ein wenig herum, ehe man schlafen ging.
Anderntags badete man im Meer, wo Salomo seine Flotte vor Anker liegen gehabt hatte; schaute nach Akaba, der Märchenstadt; wohnte im Unter-

wasser-Aquarium dem Karneval der Fische bei und abends dem Fächern der Palmen im Hotelgarten, während der Himmel grünte», sagte Baur. Er liess das Kopfende der Matratze hinunter und schloss die Augen.

Ich döste eine Weile vor mich hin, holte dann die Bibel, schlug die Bergpredigt auf und las:

«Da er aber das Volk sah, ging er auf einen Berg und setzte sich; und seine Jünger traten zu ihm. Und er tat seinen Mund auf, lehrte sie und sprach:

‹Selig sind, die da geistlich arm sind; denn das Himmelreich ist ihr.

Selig sind, die da Leid tragen; denn sie sollen getröstet werden.

Selig sind die Sanftmütigen; denn sie werden das Erdreich besitzen.

Selig sind, die da hungert und dürstet nach Gerechtigkeit; denn sie sollen satt werden.

Selig sind die Barmherzigen; denn sie werden Barmherzigkeit erlangen.

Selig sind, die reines Herzens sind; denn sie werden Gott schauen.

Selig sind die Friedfertigen; denn sie werden Gottes Kinder heissen.

Selig sind, die um Gerechtigkeit willen verfolgt werden; denn das Himmelreich ist ihr.

Selig seid ihr, wenn euch die Menschen um meinetwillen schmähen und verfolgen und reden allerlei Übles wider euch, so sie daran lügen.

Seid fröhlich und getrost; es wird euch im Himmel wohl belohnt werden. Denn also haben sie verfolgt die Propheten, die vor euch gewesen sind. (...)
Ihr sollt euch nicht Schätze sammeln auf Erden, da sie die Motten und der Rost fressen und da die Diebe nachgraben und stehlen. Sammelt euch aber Schätze im Himmel, da sie weder Motten noch Rost fressen und da die Diebe nicht nachgraben noch stehlen. Denn wo euer Schatz ist, da ist auch euer Herz.
Das Auge ist des Leibes Licht. Wenn dein Auge einfältig ist, so wird dein Leib licht sein; ist aber dein Auge ein Schalk, so wird dein ganzer Leib finster sein. Wenn nun das Licht, das in dir ist, Finsternis ist, wie gross wird dann die Finsternis sein!
Niemand kann zwei Herren dienen: Entweder er wird den einen hassen und den andern lieben, oder er wird dem einen anhangen und den andern verachten. Ihr könnt nicht Gott dienen und dem Mammon.
Darum sage ich euch: Sorget nicht für euer Leben, was ihr essen und trinken werdet, auch nicht für euren Leib, was ihr anziehen werdet. Ist nicht das Leben mehr denn die Speise? und der Leib mehr denn die Kleidung?
Sehet die Vögel unter dem Himmel: Sie säen nicht, sie ernten nicht, sie sammeln nicht in die Scheunen; und euer himmlischer Vater nährt sie doch. Seid ihr denn nicht viel mehr denn sie?

Wer ist aber unter euch, der seiner Länge eine Elle zusetzen möge, ob er gleich darum sorget?
Und warum sorget ihr für die Kleidung? Schauet die Lilien auf dem Felde, wie sie wachsen: Sie arbeiten nicht, auch spinnen sie nicht. Ich sage euch, dass auch Salomo bei aller seiner Herrlichkeit nicht bekleidet gewesen ist wie derselben eines.
So denn Gott das Gras auf dem Felde also kleidet, das doch heute steht und morgen in den Ofen geworfen wird: Sollte er das nicht viel mehr euch tun, o ihr Kleingläubigen?
Darum sollt ihr nicht sorgen und sagen: Was werden wir essen, was werden wir trinken, womit werden wir uns kleiden?
Nach solchem allem trachten die Heiden. Denn euer himmlischer Vater weiss, dass ihr des alles bedürfet.
Trachtet am ersten nach dem Reich Gottes und nach seiner Gerechtigkeit, so wird euch solches alles zufallen.
Darum sorget nicht für den andern Morgen; denn der morgende Tag wird für das Seine sorgen. Es ist genug, dass ein jeglicher Tag seine eigene Plage habe.›»

Ich dachte an den Rundgang in Olten, wo Baur gesagt hatte, es sei vermutlich so, dass Gott letztlich nicht die Liebe sei, sondern das Licht. Die

Liebe zeitige neues Leben. Die Liebe sei ein Brand mit viel Licht darum herum. Auch im Tod sei viel Licht mit dabei. Das vom Tod und dem Licht sei verbürgt.
Und ich sah über dem Jura die offene Stelle im Gewölk, die eine Tiefe freigegeben hatte, eine lichterfüllte, wie man sie antreffen kann auf Bildern Caspar David Friedrichs.
Das Licht spiele also eine immense Rolle, auch jenes, das den Bränden der Lenden entspringe, hatte Baur gesagt, während mein Augenmerk einer Möwe gegolten hatte, die gerade die offene Stelle im Gewölk passierte, dabei kleiner werdend und schwarz.
Im November gebe es immer wieder Augenblicke, besonders nach Sturmnächten, wo ein Licht aufkomme, das einen an das andere gemahne.
Ich versuchte zu schlafen, ging dann aber auf und ab. Dabei stellte ich fest, wie Baur mit den Blicken mir folgte.
«Bindschädler, in Elath waren die Abende sozusagen grün», sagte Baur und lächelte.
«Das Grün kam über den Horizont herauf, breitete sich aus über eine riesige Fläche und wurde grüner und grüner. Dazu kamen die grünen Palmzweige, die sich im Wind, den man unten im Hotelgarten nicht spürte, bewegten. Nach und nach mischte sich ein Rosa drein, von oben her, zum Zenith hin ausklingend. Licht aus weissen Glaskugeln be-

leuchtete die Szenerie von unten herauf; eine Szenerie, die man eine ruhige hätte nennen können, hätte nicht der Wind dermassen die Palmzweige geschubst.

Bindschädler, ich musste dabei an Claude Simons *Palast* denken, wo am Schluss die Sonne plötzlich hinter den hageren Gerippen der Türme und Riesenräder des Vergnügungsparks verschwindet, der verlassen unter dem lachsfarbenen Himmel liegt, während in der Stadt die grünlichen Lichter der kugelförmigen, verschnörkelten Strassenlaternen nacheinander aufleuchten, wie die Rampenlichter eines Theaters», sagte Baur, zog die Hände unter dem Kopf hervor, liess das Kopfende der Matratze hinuntergleiten und schloss die Augen.

Ich ging auf und ab, blieb vor der Balkontür stehn, schaute hinüber zur Lampe beim ausgedienten Leichenhaus und stellte fest, dass nur dann und wann noch eine Flocke heruntertaumelte.

«Nach drei Tagen verliess man Elath, mit dem Kleinbus wiederum. Am Steuer sass der gleiche Chauffeur. Man stiess in die Wüste Negev vor, in eine Mondlandschaft sozusagen, gelangte an einen Krater, der einen Durchmesser von dreissig Kilometern haben soll. Zuvor aber hatte man die *Säulen des Salomo* aufgesucht, die sich auf dem Gelände befinden, wo er Kupferbau hatte betreiben lassen. Man fuhr dann in Beer Sheba ein, der Hauptstadt des Negevgebietes, gelegen im biblischen Mittags-

lande, dem trockensten Teil Israels, wobei man an den 126. Psalm denken musste, wo geschrieben steht: ‹Herr, bringe wieder unsere Gefangenen, wie du die Bäche wiederbringst im Mittagslande.› Nachdem man in Beer Sheba gegessen und sich etwas erholt hatte, brach man wieder auf, dabei den Brunnen Abrahams passierend, stiess erneut in die Mondlandschaft oder Gottes Baugrube vor, überlegte sich, was da einmal erstehen werde, wenn Gott eine neue Erde mache und einen neuen Himmel; und begegnete immer häufiger Beduinen auf Kamelen, aber auch in weissen Mercedes, fuhr an ihren Zelten vorüber, an Ziegen-, Schaf- und Kamelherden, um zu guter Letzt im Kibbuz Shoresh einzutreffen, der ungefähr zwanzig Kilometer westlich von Jerusalem und inmitten von Föhren und Pinien liegt, die es vor zwanzig Jahren noch nicht gegeben habe.
Am Tag danach betrat man zum ersten Mal die Heilige Stadt, bestieg den Turm der Erlöserkirche, suchte das Israel-Museum auf, auch das Haus des Buches, wo besagte Schriftrollen ausgestellt sind, begab sich in die Knesset, streunte durch die Basare, erreichte das Damaskus-Tor, ass an einem Stand ein Fladenbrot, angefüllt mit Gemüse, trank einen Beutel Milch dazu, suchte danach den Busbahnhof auf, um nach Shoresh zurückzufahren, müde eigentlich.
Nach dem Nachtessen sass man noch eine Weile

zusammen, versuchte gemeinsam mit den Eindrücken des Tages zu Rande zu kommen, was nicht gelingen konnte, während die Sterne aufzogen, wie sie es taten zu Zeiten Abrahams, Jakobs und Jesu.

Vor dem Einschlafen dachte man an die Beduinen, ihre Zelte, den Wüstenwind, und bekam sie zu Gesicht, wie sie daliegen mussten, mit offenen Augen, dem Wüstenwind horchend, dem Klatschen der Zelte.

Bindschädler, am andern Tag sind wir in den Garten Gethsemane gegangen, haben uns dort die Olivenbäume angeschaut und die Kirche der Nationen, die sich an der Stelle befindet, wo Jesus von den Häschern gefasst worden sei.

Dann stieg man den Ölberg hinauf, flanierte über den Judenfriedhof, dachte dabei an Else Lasker-Schüler, die hier beerdigt ist, und an ihr *Blaues Klavier*, gelangte danach an den Ort, wo Jesus über Jerusalem geweint hatte, und sah von dort aus den Felsendom und die Aqsa-Moschee (der Felsendom übrigens mit vergoldeter, die Aqsa-Moschee mit versilberter Kuppel), die Minarette, die Stadtmauer, das Kidrontal, die Zypressen und Pinien, Tore und Zinnen im Gegenlicht, dabei an den 104. Psalm denkend, den ich immer gemocht habe», sagte Baur. —

«Möchtest du ihn hören?» fragte ich.

Baur nickte.

Ich holte die Bibel, schlug den Psalm auf und las:
«Lobe den Herrn, meine Seele! Herr, mein Gott, du bist sehr herrlich; du bist schön und prächtig geschmückt.

Licht ist dein Kleid, das du anhast; du breitest aus den Himmel wie einen Teppich; du wölbest es oben mit Wasser; du fährst auf den Wolken wie auf einem Wagen und gehst auf den Fittichen des Windes; der du machst Winde zu deinen Engeln und zu deinen Dienern Feuerflammen; der du das Erdreich gegründet hast auf seinen Boden, dass es bleibt immer und ewiglich.

Mit der Tiefe deckst du es wie mit einem Kleide, und Wasser standen über den Bergen.

Aber von deinem Schelten flohen sie, von deinem Donner fuhren sie dahin.

Die Berge gingen hoch hervor, und die Täler setzten sich herunter zum Ort, den du ihnen gegründet hast.

Du hast eine Grenze gesetzt, darüber kommen sie nicht und dürfen nicht wiederum das Erdreich bedecken.

Du lässest Brunnen quellen in den Gründen, dass die Wasser zwischen den Bergen hinfliessen, dass alle Tiere auf dem Felde trinken und das Wild seinen Durst lösche.

An denselben sitzen die Vögel des Himmels und singen unter den Zweigen.

Du feuchtest die Berge von oben; du machst das

Land voll Früchte, die du schaffest; du lässest Gras wachsen für das Vieh und Saat zu Nutzen den Menschen, dass du Brot aus der Erde bringest, und dass der Wein erfreue des Menschen Herz, dass seine Gestalt schön werde vom Öl und das Brot des Menschen Herz stärke; dass die Bäume des Herrn voll Saft stehen, die Zedern Libanons, die er gepflanzt hat.

Daselbst nisten die Vögel, und die Reiher wohnen auf den Tannen. Die hohen Berge sind der Gemsen Zuflucht, und die Steinklüfte der Kaninchen.

Du hast den Mond gemacht, das Jahr darnach zu teilen; die Sonne weiss ihren Niedergang.

Du machst Finsternis, dass es Nacht wird; da regen sich alle wilden Tiere, die jungen Löwen, die da brüllen nach dem Raub und ihre Speise suchen von Gott.

Wenn aber die Sonne aufgeht, heben sie sich davon und legen sich in ihre Höhlen.

So geht dann der Mensch aus an seine Arbeit und an sein Ackerwerk bis an den Abend.

Herr, wie sind deine Werke so gross und viel! Du hast sie alle weislich geordnet, und die Erde ist voll deiner Güter.

Das Meer, das so gross und weit ist, da wimmelt's ohne Zahl, grosse und kleine Tiere.

Daselbst gehen die Schiffe; da sind Walfische, die du gemacht hast, dass sie darin spielen.

Es wartet alles auf dich, dass du ihnen Speise gebest zu seiner Zeit.

Wenn du ihnen gibst, so sammeln sie; wenn du deine Hand auftust, so werden sie mit Gut gesättigt.

Verbirgst du dein Angesicht, so erschrecken sie; du nimmst weg ihren Odem, so vergehen sie und werden wieder zu Staub.

Du lässest aus deinen Odem, so werden sie geschaffen, und du erneuest die Gestalt der Erde.

Die Ehre des Herrn ist ewig; der Herr hat Wohlgefallen an seinen Werken.

Er schaut die Erde an, so bebt sie; er rührt die Berge an, so rauchen sie.

Ich will dem Herrn singen mein Leben lang und meinen Gott loben, solange ich bin.

Meine Rede müsse ihm wohlgefallen. Ich freue mich des Herrn.

Der Sünder müsse ein Ende werden auf Erden, und die Gottlosen nicht mehr sein. Lobe den Herrn, meine Seele! Halleluja!»

Vom Korridor her waren Geräusche zu hören, die wieder verebbten. Ich legte die Bibel zurück.

«Den Kibbuz des Ben Gurion, Bindschädler, haben wir übrigens auch besucht auf der Fahrt durch die Negev-Wüste. In einer Vitrine lagen sein Revolver, das Taschenmesser, die Brille. Sein Grab soll sich über dem Tal befinden, durch welches die Israeliten gezogen seien auf ihrer Flucht aus Ägypten», sagte Baur und schloss die Augen.

Ich sagte mir, dass jedes zehnte Lebewesen auf Erden ein Schmetterling sei, und dass Schmetterlinge auch Wanderflüge durchführten, dass sie von Afrika nach Europa flögen, über Berge und Meere hin. Der Totenkopf zum Beispiel gehöre zu diesen Wanderfaltern. Bei Rückenwind könne er die Geschwindigkeit eines Schnellzugs erreichen. Ein anderer berühmter Wanderfalter sei der Monarch. Dieser fliege von Mexiko über Tausende von Kilometern in den Norden der Vereinigten Staaten und nach Kanada. Seine Nachkommen flögen im Herbst wieder zurück nach Mexiko; so dass sie auch an jenem Allerseelentag zugegen gewesen sein müssten, als Yvonne und ihr Mann, der Ex-Konsul Geoffrey Firmin, unter dem Vulkan das Totenfest mitgefeiert hätten.

«Bindschädler, da hatte man also Jahrtausende alte Schriftrollen vor sich, im Haus des Buches eben, die sich auf wunderbare Weise in Tonkrügen erhalten hatten, am Salzmeer, dort wo wir durchgefahren waren auf dem Weg nach Sodom», sagte Baur. Er fuhr mit der rechten Hand glättend über die Bettdecke, hob das Kopfende der Matratze etwas an, strich mit Daumen und Zeigefinger über die Augen, gleichzeitig und von aussen nach innen, schob die Hand unter den Kopf und schaute mich an.

«Vom Ölberg zurück, kaufte man sich in der Alt-

stadt noch einige Souvenirs, Keramikteller zum Beispiel und siebenarmige Leuchter. In Shoresh und vor dem Schlafengehen betrat man noch einmal den Balkon und schaute den Wolken zu, die tief über den Landstrich hinzogen.
Am Morgen regnete es.
Man hatte vorgehabt, nach Bethlehem zu fahren.
In Jerusalem lag glitschiger Matsch auf den Trottoirs. Die Strassenhändler hielten trotzdem sitzend ihr Naschwerk feil.
Am Nachmittag klarte es auf. Man beging die Stadtmauer. Kinder bettelten. Esel schrien von unten herauf. Hühner und Hunde gaben Laut. Es war arabischer Feiertag. Aus den Mauernischen heraus stank es nach Kot. Um drei herum setzte ein gewaltiger Singsang ein, jener der Minarette eben. Jerusalem schien abheben zu wollen», sagte Baur und schaute in die Leere.
«Man stieg in eine Gasse hinunter. Franziskaner standen herum, singend, begannen zu marschieren und immer mehr Leute marschierten mit. Hinter uns war eine Gruppe Japaner, angeführt von einem Kreuzträger. An den Leidensstationen wurde jeweils Halt gemacht. Durch die Via Dolorosa kam Seifenwasser geflossen. Der eine oder andere glitschte aus. Man erreichte die Grabeskirche, stieg zum Kalvarienberg hoch, überliess sich dem Singsang, mit Blick auf Winterastern, die einen der Altäre schmückten, abgeblühte Exem-

plare freilich, umgeben von mystischem Dunkel, von Düften und Bildwerken, gemalten, gegossenen, getriebenen, geschnitzten, gewirkten», sagte Baur. Er lächelte.
«Dann zwängte man sich noch in das Christusgrab, Bindschädler, wo prachtvolle Lampen hängen.»

Nachdem die Nachtschwester Baurs Blutdruck gemessen hatte, kehrte sich dieser ab und schien weiterzuschlafen.
Ich stellte mich an die Balkontür. Ging dann auf und ab. Setzte mich hin.
Zweieinhalb milliardenmal pumpe das Herz, wiederholte ich mir. Es pumpe jeden Tag zwölftausend Liter, dreihundertzwanzig Millionen während des Lebens, was achttausend Tanklastwagen füllte. Und dabei fliege der Monarch immer wieder in den Norden der Vereinigten Staaten und nach Kanada, von wo seine Nachkommen im Herbst jeweils nach Mexiko zurückkehrten, so dass sie am Fest zugegen seien, an jenem für die Toten, wo die Herzen höher schlügen.
Baur fuhr sich mit der Hand über die Augen, atmete tief, entliess die Luft gleichsam zischend und schaute mich an.
«Am Sabbat besuchte unsere Gruppe den Felsendom», sagte Baur. «Man ging über den Tempelplatz. Gegenüber lag der Ölberg, der Garten

Gethsemane. Vor dem Dom zog man die Schuhe aus, stellte die Taschen dazu, liess jemanden als Wache zurück und betrat die Liegenschaft, welche sich dort befindet, wo Salomos Tempel gestanden hat, und die den Felsen umschliesst, auf dem zu Salomos Zeiten geopfert wurde, und wo zuvor Abraham den Isaak beinahe hätte hingeben müssen, und von wo aus zu guter Letzt Mohammed für eine Nacht in den Himmel geritten sei.
Über Jerusalem zogen vereinzelte Wolken dahin, aus Gaze quasi. Man ging auch in die Aqsa-Moschee hinüber, dabei den Brunnen passierend, der zwischen ihr und dem Felsendom liegt. Am Rand des Tempelplatzes schaute man noch einmal hinüber nach Gethsemane. In der Nähe der Klagemauer hörte man dem Singsang der Juden zu, die durch das Tal zu wandern schienen, über dem Ben Gurion begraben liegt», sagte Baur, drehte den Kopf leicht zur Seite und schloss die Augen.
Ich stand auf, reckte mich, schritt hin und her, auf die Geräusche vom Korridor achtend, die sich mehrten, und setzte mich wieder hin.
Die Eiche im Schnee mit dem Tümpel davor erinnerte mich an jene vom Walenboden, auf die es ein Lied gebe, komponiert vom ehemaligen Dirigenten der Amrainer Blechmusik. Und ich gedachte des Eichengestrüpps, das Baur immer wieder an Eichenkränze gemahnt habe, an solche mit Schlaufen daran und Eicheln darauf.

«Bindschädler, man hörte also dem Singsang der Juden zu, während immer noch Wolken dahinzogen, weisse, sozusagen aus Gaze eben. Dann besichtigte man ein Stadtmodell, das Jerusalem darstellte zur Zeit König Salomos, besuchte eine jüdische Schriftstellerin, strich bei Nacht durch das Quartier der Ostjuden, Männer und Frauen getrennt, wie's Plakate forderten. Hier gab's Schneidereien, Sattler- und Schreinerwerkstätten, altertümlich ausgestattet und ärmlich, was einen an Galizien denken liess, an Kaiser Franz Josephs Galizien, wo Leutnant Trotta umgekommen ist, und wo's Herbste gibt, die mit Chopin zu tun haben müssen, dessen Mazurken Hans gespielt hatte, über dem Stoffladen, während der Wirt der Brauerei, die Hände in die Hüften gestützt, die Erntefuhren überwachte, die im Trab eingebracht werden mussten, weil es ziemlich steil aufwärts ging zur Tenne hin», sagte Baur. Wobei ich wiederum dem Monarchen nachhing, der von Mexiko in den Norden der Vereinigten Staaten fliege und nach Kanada.

«Bindschädler, ich habe letzthin, wie gesagt, Fotografien von Amrain gesehen, aus der Zeit der Jahrhundertwende und der zwanziger Jahre. Darunter war auch ein Bild von der Brauerei, aus der Zeit, als die zwei Akazien noch vorhanden waren, feinblättrige, die an der Nordfassade gestanden hatten, und in deren Kronen sich jeweils das Gelächter des

Wirts zu verfangen beliebte, während die herangelachten Gäste einem Schweigen verfielen, so dass die Schmeissfliegen zu hören waren, die von den Fensterscheiben auf die Tische flogen, auf die Handrücken und Glatzen der Schweiger», sagte Baur, sichtlich ermüdet.
«Und da gab's ein Foto, auf dem unter anderem der Hirschen abgebildet war, wo im Saal über der Metzgerei die Sänger Verdis *Chor der Gefangenen* geübt, während ich vom Trottoir aus dem Verblühen des Himmels zugeschaut hatte.
Und ein weiteres Foto stellte eine Partie des Unterdorfs dar, mit dem Jura dahinter, der Waldenalp auch. Rechts im Vordergrund stand das Schulhaus am Dorfbach, nördlich davon die Liegenschaft des ehemaligen Kavallerie-Majors. Auf der Strasse befand sich ein *Ford* und am linken Bildrand der Laden, wo die Johanna Verkäuferin war.
Bindschädler, und da gab's noch das Foto mit dem Teich darauf, in welchem sich die Kirche spiegelte und der Jurasüdhang. Solche Teiche konnten auftreten bei Regenfällen oder Schneeschmelze. Gelegentlich legte sich eine Eisschicht darüber, dünn und durchsichtig wie Fensterscheiben. Bindschädler, die Kirche entpuppte sich mir als Tempel aus Walsers Ballade vom Schneien — und der vergilbte Jura als Hang mit dem Berg der Seligpreisungen. — Unter besagter Eisschicht übrigens blühten die Massliebchen. — Und der Weg zum Nachbar-

dorf bildete die Scheidelinie zwischen Gespiegeltem und Ungespiegeltem», sagte Baur, lächelte, liess das Kopfende der Matratze hinuntergleiten, schob die Hände unter den Kopf und schaute zur Eiche.
Danach schloss er die Augen. —
Ich knöpfte den Mantel zu, stellte mich an die Balkontür, öffnete sie ein wenig, zählte die Flocken und überliess mich dem Gefühl der Losgelöstheit von allen Dingen der Erde.
Wieder im Sessel, schlief ich ein.
Im Traum ging ich mit Baur der Aare entlang, empfand deren Grau-, Orange- und Gelbtöne als indianische Töne, halluzinierte ein Kanu darauf, mit dem letzten Mohikaner darin, gekrönt mit zwei, drei bunten Federn. —
Ich wachte auf.
Baur sass im Bett, die rechte Hand vorgestreckt, als blendete ihn Licht.
Dann fiel er zurück.
Ich beugte mich vor. Läutete. Die Krankenschwester eilte heran. Läutete. Rannte davon. Brachte den Arzt. —
Ich betrat den Balkon.
Nun hatte es aufgehört zu schneien.
In mir drin schwang Schostakowitschs Vierte aus.
Über Amrain trieb Nebel hin, der sich verfärbte in der aufgehenden Sonne.